ルクトニア領繚乱記

猫かぶり殿下は護衛の少女を溺愛中

さくら青嵐

21936

角川ビーンズ文庫

目次

c o n t e n t s

アルフレッド・オブ・ルクトニア
ルクトニア領次期領主。
普段は猫かぶり。
女装時の名前は
「アリー」。
オリビア・スターライン
アルフレッドの幼馴染みであり
護衛騎士。
男装時の名前は
「オリバー」。

猫かぶり殿下は護衛の少女を溺愛中

ルクトニア領繚乱記

人物紹介

ノア・ガーランド

奇術師。『魔術師と猟犬』一座に属している。

コンラッド・ウィズリー

騎士。アルフレッドの騎士団に引き抜かれてきた。

アレクシア・オブ・ルクトニア

ユリウスの妻。語学に堪能で、外交的側面を担う。

ユリウス・オブ・ルクトニア

ルクトニア領領主。在位時代は賢王と名高かった。

ウィリアム・スターライン

ユリウスの騎士。『ユリウスの死刑執行人』と呼ばれたほどの使い手。

本文イラスト／Laruha

プロローグ　金の髪のアリーと、漆黒のオリバー

金の長い髪《かみ》をなびかせ、その少女は通りを走る。右手でチュニックのスカート部分を摑《つか》み上げ、軍靴《ぐんか》を鳴らして石畳《いしだたみ》の上を駆《か》けていた。

その金髪《きんぱつ》の少女に手を握《にぎ》られて走っているのは、濃《こ》い栗茶《くりちゃ》の髪をした少女だ。随分《ずいぶん》と息が荒《あら》い。懸命《けんめい》に足を振《ふ》り出してはいるが、顎《あご》が上がって苦しそうに顔を歪《ゆが》めている。

「頑張《がんば》って」

金髪の少女はちらりと背後に視線を送り、栗茶の髪をした少女を励《はげ》ます。少女は息の合間に頷《うなず》こうとした。顎を引く。その拍子《ひょうし》に足を絡《から》ませ、手が離《はな》れる。悲鳴と共に転倒《てんとう》した。

「ローラ！」

金髪の少女が足を止め、地面に蹲《うずくま》る少女に駆け寄った。ローラと呼ばれた少女は顔を歪めながら首を横に振る。

「私はもういいから。アリーだけ逃《に》げて」

呼吸の合間にローラは訴《うった》えるが、アリーと話しかけられた金髪の少女は「馬鹿《ばか》ね」と笑う。

「そんなこと、できるわけないでしょ」

そう言って彼女の腕《うで》を取り、自分の首に回して立ち上がらせる。途端《とたん》にローラが苦痛に呻《うめ》き、アリーにしなだれかかった。ちらりとアリーは彼女の足元を見る。スカート部分に隠《かく》れて足そのものは見えないが、震《ふる》えていることはわかる。捻挫《ねんざ》か。骨折まではしていないだろう。

小さく舌打ちし、アリーがローラの腰《こし》を抱《だ》いて支え直したときだ。

「ほうら、追いついたぞ」

男の声と、複数の足音がした。ローラが怯《おび》えて、アリーにしがみつく。「大丈夫《だいじょうぶ》よ」。アリーは囁《ささや》くと、首を振って目の前に落ちかかる髪を後ろに流し、近づく男達に不敵に笑ってみせた。

「あんまり遅《おそ》いから、待っててあげたのよ」

湖氷色《こひょういろ》の瞳《ひとみ》を煌《きら》めかせ、アリーは男達を睥睨《へいげい》した。三人。いずれも剣《けん》を佩《は》いているが、騎士《きし》には見えない。傭兵《ようへい》か、食いつぶした商家の次男三男がどこからか剣を手に入れて、身につけているだけのように見えた。

「黙《だま》れ。さっさとその娘《むすめ》を、こっちに寄越《よこ》せ」

真ん中の男が肩《かた》で息をしながら腕を突《つ》き出す。好色そうな瞳がローラを見ていて、ローラはその視線を避《さ》けるように俯《うつむ》いた。

「親父《おやじ》の借金返済日は今日だ。払《はら》えなければ娼館《しょうかん》に娘を売るってことで、こっちは金を貸してんだ」

威張《いば》った風情《ふぜい》でそう言うが、アリーは鼻で笑い飛ばす。

「あんたが貸してんじゃないでしょうよ。バルコンのアホ親父が、でしょ？」

アリーは男達と間合いを取りながら、ローラをしっかりと左腕で抱《かか》えた。

「証文を見たわ。字が読めないと思って違法《いほう》だらけじゃない。あんなの詐欺《さぎ》よ」

アリーの言葉を、男達は下卑《げび》た笑いではねつけた。

「契約《けいやく》は契約だ。その娘は今日、娼館に売られる。ま、その前に」

男達は互《たが》いに目を見交《みか》わす。

「ちょっと遊んでも良《い》い、とバルコン様も仰《おお》せだ。俺達の相手を、まずはしてもらおう」

どっと男達が笑う。ローラは肩を震わせて泣き出し、アリーが柳眉《りゅうび》を寄せて舌打ちをする。

男達は顎を上げ、にやけた顔で間合いを詰《つ》めてきた。

途端に。

「相手を探しているんなら、丁度良い」

低い声が『上』からした。驚《おどろ》いたように、その場の皆《みな》が頭上を見る。

夜空から、人が、降ってきた。

剣を逆手に持ち、膝《ひざ》を曲げた姿勢で、ぶわりと宙に浮《う》いたかと思うと勢いよく降下し、少女達の前に、どん、と音を立てて着地する。拍子に被《かぶ》っていた風船帽《キャスケット》が落ちた。

「僕が相手をしようじゃないか」

素早《すばや》く立ち上がると、その少年は剣を持ち替《か》える。両手で柄《つか》を握り、中段に構えた。翡翠《ひすい》のような双眸《そうぼう》を男達に向け、突進《とっしん》する。その速さに黒髪が周囲の闇《やみ》に蕩《とろ》けた。

「『漆黒《しっこく》のオリバー』か⁉」

男の一人が悲鳴を上げる。名前を聞いた途端、他《ほか》の二人は背を向けて逃げ出した。極貧《ごくひん》層が過密して居住する、この『夜の街《ナイト》』では、少年の名前は有名だ。剣の腕では並ぶ者がなく、その技《わざ》は多彩《たさい》にして華麗《かれい》。俊敏《しゅんびん》で遠間《とおま》からでも正確に打ち込んでくる。

そして、その少年が常に付き従っているのが、金髪の少女。

「あんたが、『金髪のアリー』か」

一人取り残された男は慄《おのの》いたように、アリーを見つめる。彼女も『夜の街《ナイト》』では有名な人物だ。膨大《ぼうだい》な知識と知恵《ちえ》で数々の不正を暴《あば》くだけではなく、彼女自身も相当腕が立つ、と聞く。傭兵くずれの自分達が敵《かな》う相手ではない。

怯《ひる》んだように足を竦《すく》ませた男に、オリバーが剣を振りかぶって打ち込む。

男はあっけなく悲鳴を上げると、その一撃《いちげき》を逃《のが》れて背を向けた。「待ってくれ!」。仲間の男達を呼びながら、路地裏に逃げ出していく。もとより、追撃するつもりはないのだろう。白けたようにオリバーは剣を下ろし、遠のく男の背中を眺《なが》めやる。

「大丈夫か⁉」

逃げた男達に代わり、大通りから近づいて来たのは自警団だ。

オリバーは剣をおさめながら、彼らに向かって「こっちだ」と手を振る。その後、ちらりとローラとアリーに目を向けた。

「いい？　明日の朝になったら、お父さんと一緒《いっしょ》にマッケイ弁護士のところに行きなさい」

アリーがローラに言い含《ふく》めている。

「証文を持って行けばいいわ。私がマッケイ弁護士に話を通しているから大丈夫。お父さんは違法な金利でお金を返済している。計算上では、もう元金は払い終わっているの」

ローラは意味がよくわからないという顔をしたが、とにかく頷いて、「行く」と答えた。アリーは優《やさ》しく微笑《ほほえ》むと、近づいてきた自警団にローラを引き渡《わた》す。

「捻挫しているの。お願いね」

柳眉を寄せてそう言うと、自警団の一人がローラを背負って父親の下《もと》に帰すことにしたらしい。アリーは一言二言自警団に申し送りをし、彼らはいくつか質問をしたものの、納得《なっとく》したように頷いて了承《りょうしょう》をした。

「またな、アリーとオリバー」

自警団の男達は口々に二人に挨拶《あいさつ》をすると、背を向けて元来た道を戻《もど》り始める。二人は無言でその背中を見送っていた。

「まさか、上から降ってくるとはな」

人影《ひとかげ》がなくなった途端、アリーが噴《ふ》き出す。その声は最前までのものとは全く違《ちが》う。低く、耳に心地《ここち》よいテノールだ。

「二人を見失ったから……、上から。そこの宿屋のテラスから覗《のぞ》いて捜《さが》そうと思ってさ」

ため息交じりにオリバーが言うが、こちらも先ほどまでの声ではない。随分と澄《す》んで、綺麗《きれい》なメゾソプラノだった。

「そしたら、丁度アル達が真下にいるんだもん。階段使うより、飛び降りちゃえ、と思って」

その言葉にアリーが「お前らしい」と腹を抱えて笑う。

「笑い事じゃないわよ。もう、いい加減、危ないことは止《や》めてよね。自分の立場をちゃんと理解してんの？」

オリバーは拳《こぶし》を握ると、軽くアリーの肩を小突《こづ》いた。アリーは笑《え》みの余韻《よいん》を口元に滲《にじ》ませたまま、オリバーを見やる。

「理解しているよ。おれは次期ルクトニア領領主であり、前王ユリウスの息子《むすこ》だ」

そう返すアリーに、オリバーはわざとらしくため息をついてみせる。

――理解しているんなら、ちゃんとしてよ。

投げつけたい言葉を飲み込み、オリバーはじろりと幼馴染《おさななじ》みを睨《にら》み付けた。

本人が言うとおり、彼はこの海港都市ルクトニア領主のたった一人の息子だ。

『夜の街《ナイト》』では「アリー」と名乗り、女装などして自由気ままに過ごしているが、本名はアルフレッド・オブ・ルクトニアという。未《いま》だに復権を望まれている前王ユリウスの嫡男《ちゃくなん》だ。

本来は次期国王となるはずだったが、ユリウスが二十代前半で惜《お》しまれつつも退位をし、ルクトニア領領主に封《ほう》じられたため、彼の王位継承《けいしょう》権は放棄《ほうき》されている。

「怪我《けが》はねぇか？　オリビア」

腕を組み、佩刀の柄に肘《ひじ》をかけてむっつりと彼を見ていたら、そんな風に声をかけられた。

「ない」

ぶっきらぼうに答える。

そしてオリバーことオリビアは、彼の護衛騎士だ。今は女装したアルフレッドを守るため、男装しているが、彼よりひとつ年下の少女だった。ユリウスの腹心であり、忠臣と名高いウィリアム・スターライン卿《きょう》を父に持った彼女の剣の腕前は、父に勝《まさ》るとも劣《おと》らない。その剣技を買われ、また、ユリウスとウィリアムの親密な関係性もあり、幼い頃《ころ》からアルフレッドに付き従っていた。

二人は並んで大通りを、中心街に向かって進む。アルフレッドはご機嫌《きげん》だが、オリビアはむっつりと口をへの字に曲げていた。その表情は、護衛騎士というより、まるでアルフレッドの「見張り役」だ。

不意に、ぴゅぃ、と口笛が聞こえた。

そろって顔を向けると、赤ら顔の男達がこちらを見ている。足元がおぼつかない。大分酔《よ》っているのだろう。仲間同士で何度も肩をぶつけあっていた。

「美人さん。あんた、一晩いくらだ」

男の一人が大声でアルフレッドにそう言う。街娼《がいしょう》だと思っているのだろう。猥雑《わいざつ》な笑い声が雑踏《ざっとう》に上がる。

「悪いわね。あたしは、彼の物だから」

アルフレッドは口角を上げて応じ、オリビアの腕《うで》に自分の腕を絡ませた。オリビアも慣れたもので、斜《なな》めに男達を睨みつけると、卑猥《ひわい》な野次《やじ》は上がったが、男達はそれ以上近づいてこようとはしなかった。

「またね」

背を向けて歩き出そうとする酔客《すいきゃく》の男達に、アルフレッドはキスを投げる。どっと上がる低い笑い声をアルフレッドは満足げに見やった。

――これが『素《す》』のアルフレッドなのよね……。

オリビアは屋台や居酒屋が上げる煙《けむり》に燻《くすぶ》る夜空を眺める。

頭脳明晰《めいせき》、容姿《ようし》端麗《たんれい》、武勇の誉《ほま》れが高いと噂《うわさ》のアルフレッド。

だが、その巷間《こうかん》に広がる『評価』を聞くたびに、オリビアは大笑いしたくなる。彼女が知る限り、アルフレッド以上に男っぽく、がさつな人間はいない。気性《きしょう》だってそうだ。とげとげしく荒《あら》い。負けず嫌《ぎら》いもいいところで、昔は剣術《けんじゅつ》でオリビアに負けては悔《くや》しがって泣いていた。チェスで敗色が濃《こ》くなろうものなら、盤《ばん》ごと蹴《け》倒《たお》す始末だ。

　ところが、この男。

　大人の前になると、『ルクトニア領の次期領主』をそつなく演じる。

　慎《つつ》ましく両親の側《そば》に控《ひか》え、話しかける大人に穏《おだ》やかに頷き、蜂蜜《はちみつ》とミルクで作ったような、見る者を蕩けさせる笑みを常に浮《う》かべている。

　そんな、二面性を持つアルフレッドが。

『外に出てみないか』

　そうオリビアに提案したのは、一年前だ。


　領主館に出仕したオリビアは、この日もいつもどおりアルフレッドの剣術の相手をしていた。

『外って？』

　オリビアは額に浮かぶ汗《あせ》を肩口《かたぐち》で拭《ぬぐ》って尋《たず》ねた。ちょうど、一息入れようとしていたときだったと思う。アルフレッドは周囲に視線を走らせ、武道場に誰《だれ》もいないことを確認《かくにん》すると、オリビアの耳に口を寄せて告げた。

『お前、「夜の街《ナイト》」って行ったことあるか？』

　オリビアは首を横に振《ふ》る。ただ、知識としては知っている。いわゆる貧民街だ。領主が居住するこの地区の隣《となり》に位置していながら、流民や貧者が集まっているところだと聞いている。自警団が組まれていたり、街娼が商売をしていたり、安価な飲み屋街が続いていたりするところとしても有名だ。

『行ってみよう』

アルフレッドの提案にオリビアは即座《そくざ》に首を横に振った。『危ないよ！』。思わず叫《さけ》び、アルフレッドに口を塞《ふさ》がれる。彼の汗臭《あせくさ》さに顔をしかめ、オリビアは腕から逃《のが》れ出て睨み付けた。

『なんか危険な大人がいっぱいいるところだよ⁉　そんなところに行ってどうすんのよ！』

『ルクトニアは父上が治めている立派な領だ』

むっとしたように口をとがらせ、アルフレッドはオリビアを睨んだ。

『そんな領に、貧民街なんてない。きっと何かの間違いだ。おれはそれを確認しに行く』

ユリウスは在位中、賢王《けんおう》と誉れが高かった。国庫を外貨で潤《うるお》し、福祉《ふくし》の施策《しさく》に取り組んで弱者救済に乗り出した歴史上初の王だ。

退位後、ルクトニア領主に封じられてからも、その政策に揺《ゆ》るぎはない。海に臨《のぞ》む地の利を活《い》かした交易を活発に行い、関税を他領よりも安くすることで独自の流通経路を確立した。

農地改革にも着手し、ユリウスは比較的《ひかくてき》荒《あ》れ地でもたやすく収穫量《しゅうかく》を上げることができる品種の麦や芋《いも》を、積極的に外国から輸入した。それらの品種を栽培《さいばい》する農民については、税を軽減するなどし、安定した収穫量を確保することに成功する。

また、当時としては珍《めずら》しく、『官吏《かんり》登用試験制度』を導入したことでも有名だ。身分を問わずに、一定の試験に合格した者は官吏として採用を行うなど、ルクトニア領独自の制度はこのとき生まれ、そして実施されている。

領内には交易品があふれ、それを捌《さば》く商人の活気に満ち、望めば身分を問わず、出世への道が開かれている。

そんなルクトニア領に、『貧民街』があるわけがない。きっと不逞《ふてい》の輩《やから》の巣窟《そうくつ》なのではないか。あるいは、賭博《とばく》や飲酒におぼれた怠惰《たいだ》な大人達の集まりなのかもしれない。

で、あるならば、そのことを暴《あば》きに行かねば、とアルフレッドは息巻いた。

『はぁ!?　じゃあ、ユリウス様に頼《たの》んで、護衛騎士《きし》をいっぱい連れて見に行きなよ』

呆《あき》れたようにオリビアは言うが、『馬《ば》ぁ鹿《か》』と鼻で笑われる。

『次期領主のアルフレッド様が視察に参りました、なんてのこのこ行けば、「本当の姿」なんて見せてくれるわけねぇだろ？　こっそり行くんだよ、こっそり』

アルフレッドはにやりと笑う。この男が、実はこんな悪魔《あくま》みたいな笑みも浮かべるのだ、と、この領主館の誰が知っているだろう。オリビアはため息をつく。

『こっそり、ってどうやって？』

もう、『行く』と言いだしたら聞かないことをオリビアは知っている。彼が『行く』と言えば、自分に拒否権《きよひ》はない。自分も『行く』のだ。

『バレたらどうすんの？　私だってお父様に怒《おこ》られる。二人できっと、素振《すぶ》り五千回とかだよ』

オリビアの言葉にアルフレッドは怯《ひる》んだ。

二人の剣術の師匠《ししょう》はオリビアの父であるウィリアムだ。普段《ふだん》は飄々《ひょうひょう》としているが、怒ると怖《こわ》いことは身をもって知っている。ちなみにアルフレッドは格技も習っており、その師匠は、自身の母であるアレクシアだ。こちらは逆鱗《げきりん》に触《ふ》れると、命にかかわる。

『……だ、大丈夫《だいじょうぶ》だ。おれに、策がある』

数秒躊躇《ためら》ったが、彼が得意げに披露《ひろう》したのが『アルフレッド女装・オリビア男装』策だ。聞いた途端《とたん》、『馬鹿じゃないの』、『うまく行くはずがない』、『私は嫌《いや》っ』、そう拒否をしたのに。

取り合わないどころか、結局、オリビアは女装したアルフレッドを連れて夜間、『夜の街《ナイト》』に「視察」と称《しょう》して繰《く》り出す羽目になった。

おまけに、アルフレッドが女装をしても違和感《いわかん》がないことに愕然《がくぜん》とした。

正直、提案された当初は、「女装なんてしても滑稽《こっけい》なだけだ。バレて恥《はじ》でもかけばいい」と思っていた。むしろ、「ちょっと痛い目に遭《あ》え」と願っていたのに。

連れて歩いても、誰もアルフレッドを男だとは思わない。それと同じぐらい、誰もオリビアが少女だと気づかないことにも激しく落ち込んだ。

そして、二人が見たのは、自分達が住んでいる地区の住民とは全く違《ちが》う人達だった。

路上で暮らす高齢《こうれい》の男性。身体《からだ》を売って生活をする女性。金持ちを狙《ねら》ってひったくりを行う若者。河原で摘《つ》んだとしか思えない花を売り歩く幼い子ども達。

初めてやってきた二人は肩を寄せ合い、呆然《ぼうぜん》と街を歩いた。雑然とした臭《にお》いや喧騒《けんそう》に怯《おび》え、オリビアは佩刀から手が離《はな》せなかったのを覚えている。

そんな『夜の街《ナイト》』で二人が出会ったのは、やせ衰《おとろ》えて路上に踞《うずくま》る幼い兄弟だった。

最初は黙《だま》って通り過ぎたものの、どうしても気になる。アルフレッドはオリビアを連れて兄弟の下《もと》に戻《もど》り、意を決して話しかけてみた。年はいくつか、とか、親はどうしているのか、と。

兄弟はぽつり、ぽつり、と答える。親はいるが、今は『仕事』に行っているという。ここ最近はほとんど食事を口にしていない、というのでアルフレッドが兄の方に手持ちの硬貨《こうか》を一枚渡《わた》した。大金ではない。せいぜい、パンが一斤《きん》買える程度のものだ。兄弟はわずかに微笑《ほほえ》み、アルフレッドとオリビアに礼を言った。

その後、二人がその兄弟を『夜の街《ナイト》』で見ることは二度となかった。

あの兄弟はどうしているだろう、と三日後に『夜の街《ナイト》』を訪《おとず》れたアルフレッドとオリビアは、はすっぱな顔をした子どもに二人が死んだことを聞かされる。

アルフレッドが渡した金は、親達が奪《うば》ったこと。それは賭場《とば》であっけなく消えたこと。兄弟達は餓死《がし》したこと。

そして、アルフレッドもオリビアも気づく。自分達がしたことは、ただの偽善《ぎぜん》だということを。困窮《こんきゅう》した子どもに金銭を与《あた》えても、根本的な解決にはならないことを。

満足したのは、ただ、自分達だけだったことを。

以降、二人は時間と日にちを決めて、夜になるとそれぞれの親の目を盗《ぬす》んで『夜の街《ナイト》』に繰り出す。

酔漢《すいかん》に襲《おそ》われそうになった女の子を助けたり、スリを捕《つか》まえたり、泣き上戸の男と明け方まで話し込んだり、子どもに文字や算数を教えたり。

アルフレッドはいつも、そうやってこの『夜の街《ナイト》』で、誰かに手を差し伸《の》べていた。

アルフレッドが提供するのは「金」ではない。「自分の時間」であり、「自分の知識」だ。目に見えるものを与えれば、あっさりと「力ある者」に奪われることを痛感した。だからこそ、アルフレッドは、「見えない何か」を『夜の街《ナイト》』の住人に差し出す。

そして、『夜の街《ナイト》』の住人達は、アルフレッドと関《かか》わることで知ったのだ。「見えない何か」が、自分の心を埋《う》めたり、身を守ったりしてくれる、ということを。

「やぁ、店主。あの美人と、端正《たんせい》な騎士は誰だ？」

屋台に顔を突《つ》き出した長身の男が、カウンター越《ご》しに硬貨を滑《すべ》らせて、店主に尋《たず》ねた。

「あの二人を知らないなんて、あんた、よそ者だね？」

店主は笑い、それから彼のためにワインを注いだ。粗末《そまつ》なカウンターを挟《はさ》んで、ずい、と男にゴブレットを押し出す。

「ああ、興行のために、王都から来たんだ」

へぇ、と店主はゴブレットを受け取る男を眺《なが》めやる。

二十代半ば、といったところだろうか。普及品《ふきゆう》のジャケットに、片眼鏡《かためがね》をかけた男だ。胸のピンホールには、大振《おおぶ》りの白バラを挿《さ》している。この辺りでは見ない品種だ。

「彼らは有名なんだな」

男は店主の視線を真正面から受け、にこりと笑ってみせる。店主はもちろんだ、と頷《うなず》いた。

「金髪《きんぱつ》のアリーと漆黒《しっこく》のオリバー。この『夜の街《ナイト》』の光さ」

ふうん。男は息を漏《も》らすと、すでに夜闇《よやみ》にとけこんだ二人を名残惜《なごりお》しそうに眺める。

「磨《みが》けば光る玉か、それともただの金メッキか」

呟《つぶや》き、美味《うま》そうにワインを呷《あお》った。

「今度の標的は、随分《ずいぶん》と変わり種のようだ」

男の片眼鏡が屋台の油灯を反射し、鋭《するど》い輝《かがや》きを残したが、その呟きはワインの香《かお》りを乗せ、夜風に紛《まぎ》れた。

第一章　魔術師と猟犬

間合いを先に詰《つ》めたのは、アルフレッドだった。

切っ先同士が触れあう距離《きょり》で互《たが》いに牽制《けんせい》をしていたが、焦《じ》れたようにオリビアへと一歩踏《ふ》み込んだ。

アルフレッドの足が床板《ゆかいた》を踏む乾《かわ》いた音が耳を撫《な》でる。反射的に、オリビアは後退した。アルフレッドが跳躍《ちょうやく》するように床を蹴《け》り、同時に剣《けん》を振《ふ》り上げるのを見る。オリビアの唇《くちびる》は緩《ゆる》く弧《こ》を描《えが》いた。遅《おそ》い、遅い。これでは、「第一撃《だいいちげき》の到達点《とうたつ》」が余裕《よゆう》で見切れる。

オリビアは舞踏《ぶとう》のステップを踏むように軽《かろ》やかに後退し、その剣撃を躱《かわ》した。

彼女の鼻先数センチを、刃《やいば》のない訓練用の剣がかすめる。

「……くそっ」

いらだったような低い声を聞き、オリビアは笑《え》みを深めた。振り下ろされ、完全に下向いたアルフレッドの剣《サーベル》を、瞬時《しゅんじ》に自分の剣で、上から叩《たた》きつける。

慌《あわ》てたようにアルフレッドが剣を持ち上げようと手首に力を入れたが、すでに遅い。

打ち付けた反動で上がったオリビアの剣先は、アルフレッドの首元に突き立てられて、ぴたりと止まっていた。

「やめ」

朗《ほが》らかな声が武道場に響《ひび》き、オリビアは剣を下ろす。

目前のアルフレッドを一瞥《いちべつ》すると、荒《あら》い息のまま、睨《にら》みつけてきた。オリビアは肩《かた》を竦《すく》めて視線から逃《のが》れると、開始線まで戻って構える。

「どうしますか、殿下《でんか》」

同じように開始線に戻ったアルフレッドに声をかけたのは、剣技の師匠であり、オリビアの父親でもあるウィリアムだ。組んでいた腕《うで》をほどき、首を傾《かし》げるようにアルフレッドの顔を見た。

「『一本勝負』ということでしたが、終了《しゅうりょう》しても……」

「その『一本勝負』を、もう一度、お願いします」

アルフレッドは穏《おだ》やかな笑みを浮《う》かべてウィリアムに小さく頭を下げる。一本で勝敗を決するから『一本勝負』なのに、再戦したら意味がないのではないか、とオリビアは呆《あき》れた。

「その心意気や、よし、でございますな」「殿下、頑張《がんば》りなされ」

壁際《かべぎわ》からは野太い声がいくつも聞こえる。オリビアは中段に構えたまま、視線だけ声の方に向けた。

そこにいるのは、ユリウスの侍従《じじゅう》達だ。武官もいれば文官もおり、手を叩いたり、口の周りを囲ってしきりにアルフレッドに声援《せいえん》を送ったりしている。ユリウスの手前、お追従《ついしょう》のように声を張っている、というのではない。皆《みな》、アルフレッドが生まれたときからの付き合いのせいか、『息子《むすこ》』を見るような目つきだ。

その侍従団に囲まれ、彼の実父であるユリウスはどこか苦笑いを浮かべてアルフレッドとオリビアを眺めている。

アルフレッドは、というとその声援に律義《りちぎ》に頭を下げ、「がんばります」とはにかんだように答えるものだから、侍従達の声にも熱が増す。

――なーにが、『がんばりますぅ』よ。

オリビアは口をへの字に曲げて、ユリウスの侍従団に再度会釈《えしゃく》をするアルフレッドの横顔を眺めた。

優《やさ》しく、穏やかな笑みを口元に浮かべている。流麗《りゅうれい》な立ち居振《いふ》る舞《ま》いは、育ちの良さを感じさせた。背中の中ほどまで伸ばした、蜂蜜色《はちみついろ》の金髪は、今は動きやすいようにひとつに束ねられているせいで、顔の輪郭《りんかく》がはっきり出ている。父であるユリウスによく似た端整な顔立ちだ。

ただ、ユリウスのような『鋭利』さは、彼にはない。

淡《あわ》く、たおやかな優美さがあった。それは、『甘さ』にも似ている。

だからだろう。アルフレッドを見た大人達は、まるで砂糖菓子《がし》でも口に含《ふく》んだように笑みこぼれ、そしてガラス細工でも扱《あつか》うように慎重《しんちょう》に接するのだ。

『さすが、閣下のご嫡男《ちゃくなん》。聡明《そうめい》なだけではなく、美しくあられる』

『そのうえ、天使のように純真で、かわいらしい』

オリビアは幼い頃《ころ》から、何度も何度も、そんな大人達の声を聞いた。そのたびに、眉間《みけん》にしわを寄せながら、「大人って、騙《だま》されやすいなぁ」と心の中で呟いたものだ。

「オリビア」

不意にアルフレッドに声をかけられ、オリビアは目を瞬《またた》かせる。

「なに」

ぶっきらぼうに応じると、口端《こうたん》にとろけるような笑みを浮かべたまま、アルフレッドは首を右に傾《かたむ》けた。

「疲《つか》れているところ申し訳ないが、もう一本、手合わせ願えないだろうか」

優しく声をかけられたが、アルフレッドの湖氷色《こひょういろ》の瞳《ひとみ》は凍《い》てつくような光を宿して、オリビアを凝視《ぎょうし》している。よく聞けば、声だって一本調子で抑揚《よくよう》がない。彼はいつも自分に対してはこんな感じだ。

――ああ、やだやだ。なんで、大人はコロリと騙されるんだろ。

オリビアはため息を押しつぶし、にこりと笑ってみせた。「もちろん、いいよ」。そう答えた後、ぎろり、と睨み返す。

「まぁ、何度やっても、結果は同じだろうけど」

「そうだね。オリビアは、ぼくより強いから」

アルフレッドは笑顔を崩《くず》さずそう応じ、冷ややかにオリビアを見つめたまま、「まぁ、それも今日までだけどね」と、小声の早口で吐《は》き捨てた。その声は侍従団の声援につぶされ、辛《かろ》うじて聞こえたのはオリビアだけのようだ。眉間に深い縦じわを刻んだ瞬間、ウィリアムが、ぱん、とひとつ手を打った。

「じゃあ、もう一度」

ウィリアムの言葉に、二人は改めて剣を構え直した。向かい合う。視線が絡《から》み合う。どちらも外さない。

「はじめ！」

開始の声と同時に、互いに距離を詰める。ぎゅっ、と軍靴《ぐんか》の足裏が床を踏む音が、武道場内に響いた。

オリビアが先に、仕掛《しか》ける。

たん、と軽やかな音を立てて大きく一歩踏み出し、小さく速い振りで、アルフレッドの眉間を狙《ねら》う。アルフレッドは大股《おおまた》に一歩下がることで彼女の一撃を躱すが。

オリビアの「初太刀《しょだち》」は、攻撃《こうげき》の第一波にすぎないことを、アルフレッドは痛感する。オリビアの一撃目は、次の攻撃を隠《かく》すための、見せかけだった。

その証拠《しょうこ》に、彼女の剣は空振らない。ぴたりと宙で止まり、即座《そくざ》に次の斬撃《ざんげき》に備えて振り上げられる。アルフレッドが構える暇《ひま》を与《あた》えず、彼の右のこめかみをめがけて剣先が急襲《きゅうしゅう》する。

オリビアの視界の中で、アルフレッドが小さく舌打ちした。逃《に》げられない、と判断したのか、踵《かかと》を床につけ、剣を立てる。ぎゅっと柄《つか》を握《にぎ》り込み、峰《みね》部分でオリビアの剣を防ぐ。

がちん、と硬質《こうしつ》な音が響き、アルフレッドの剣は、オリビアの二撃目を弾《はじ》いたが。

オリビアの剣は止まらない。まるで剣の重さなど感じさせない速さで三度振り上げられ、次はアルフレッドの左のこめかみを狙う。アルフレッドは焦《あせ》りながらも、剣を立てたまま左ひじを引き、オリビアの斬撃を跳《は》ね返す。

「速いな、これは」「さすがにウィリアム卿《きょう》のご息女」

アルフレッドに歓声《かんせい》を送っていた侍従団からも、感嘆《かんたん》の声が上がる。武官などは、さっきまでの温和な表情を消して、真剣に彼女の剣戟《けんげき》を見ていた。

そんな彼らの視線の先で、オリビアの攻撃は続く。左右に揺《ゆ》さぶりをかけ、時折、突《つ》くような所作を含ませては、アルフレッドの接近を防いでいた。

そう。オリビアが一番恐《おそ》れているのは、アルフレッドが「近づきすぎる」ことだった。

――……アル、最近、身長が伸《の》びてるのよね……。

攻撃を与えながらも、オリビアは油断なくアルフレッドを見やる。

ひとつ年上のこの幼馴染《おさななじ》みは、昨年頃から随分《ずいぶん》と身長が伸びてきた。それまでは、むしろオリビアの方が彼より背が高い時期もあったのだ。父であるウィリアムに似たのか、オリビアは同年代の女子の中では随分と高身長だ。男装をしても違和感《いわかん》がないのはそのあたりにもあるのだろう。腕も足も、十代半ばの少年並みにある。

だが、アルフレッドが十六歳になった途端《とたん》、彼女の成長を上回る速度で背を伸ばし始めた。背だけではない。力も、太く大きな筋肉だって、つき始めた。

同時に、それまでは剣では決して負けなかったのに、勝負をしてみれば、危《あや》うい場面も出始めた。

力だ、と気づいた。体格だ、と焦った。アルフレッドはこれからも成長するだろうが、女子である自分は、今後それほど筋肉がつくこともなく、背も伸びないだろう。彼と戦い、そして最低でも並び立つためには、今までのような戦い方ではだめだ。

――『速さ』を、活《い》かさないと……。

オリビアは奥歯を噛《か》みしめた。『速さ』は、ある意味技量であったり、持って生まれた素質であったりが作用する。それならば、アルフレッドに勝てる。

――次の一打で、決める。

そう思った彼女は、アルフレッドの剣を横なぎに払《はら》う。今まで、軽い打ちばかりを凌《しの》いできたからだろう。不意に放たれた『重い』打ちに、アルフレッドが体勢を崩す。

今だ、とオリビアは大きく剣を振《ふ》り上げ、彼の頭部を狙った。

だが、振り下ろす一瞬《いっしゅん》。湖氷色の瞳が勝ち気に煌《きら》めくのを見た。しまった。そう思ったが、決め手として放った一撃は、容易に止められない。アルフレッドは瞬時に体勢を立て直すと、彼女の斬撃を真っ向から自分の剣で受け止め、鍔迫《つばぜ》り合いに持ち込む。

「……この……っ」

オリビアは鼻先が触《ふ》れあうほど間近にいるアルフレッドを睨《にら》みつけた。剣同士が絡み合った先で、アルフレッドが片頬《かたほお》だけ歪《ゆが》めて笑った。「いらっしゃい」。聞いた途端、自分が仕掛けられたことを知る。体勢を崩したふりをしたのだ、こいつは。そこを狙いに来た自分と、鍔迫り合いをすることが本来の目的だったと気づいたものの、もう遅《おそ》い。

形勢は逆転した。いまやアルフレッドは、のしかかるように上から剣を押し付けてくる。なんとか、逃《のが》れ出ようと膝裏《ひざうら》に力を込めたオリビアだったが、どん、と床《ゆか》を踏《ふ》んだ音を聞く。同時に、身体《からだ》が揺れた。鍔迫り合いの姿勢のまま、強引《ごういん》にアルフレッドが自分を弾くように押してきたのだ。そう理解した瞬間、足裏が浮《う》く。

「……え」

呟《つぶや》いた途端、身体が後方に向かって移動した。踏ん張っていたのに、力負けしたのだ。

呆気《あっけ》なくオリビアは床に尻餅《しりもち》をつき、剣を手放した。

「やめ」

暢気《のんき》な父親の声を、茫然《ぼうぜん》と聞いた。目の前では、アルフレッドが上段に剣を構え、オリビアが立ち上がってきたときのために備えている。

「殿下《でんか》、お見事です」

ウィリアムの声は、侍従《じじゅう》団の指笛や拍手《はくしゅ》に掻《か》き消えた。

「いえ、偶然《ぐうぜん》です」

アルフレッドは構えを解くと、はにかんだように笑《え》みを浮かべる。

「大丈夫《だいじょうぶ》？　オリビア」

そう言って、剣を左手に持ち、右手を自分に向かって差し出してきた。その満面の笑みと、「ざまあ」と言いたげな瞳に、思わずオリビアは手を叩《たた》き落としてやろうかと思ったが、なんとかこらえて彼の手を握る。

「大丈夫よ、アル」

笑顔で答え、ぎゅうううううっ、と力いっぱい手を握った。「すっかり、騙されちゃった」。声は穏《おだ》やかなまま、怒《いか》りを宿した目で言う。

「オリビアは、本当に素直《すなお》だなぁ」

アルフレッドは唇《くちびる》を弓なりにかたどったまま、平淡《へいたん》な言葉を紡《つむ》ぐ。

「ほら、立って」

そう言うと、オリビアに必要以上に手を握られたまま、アルフレッドは腕《うで》を引く。あっさりとオリビアの身体は持ち上がり、よろめくようにして立ち上がった。

その腕力《わんりょく》に戸惑《とまど》う。難なく自分は引き上げられた。しかも、片腕一本で。

「閣下、どうですか？」

そういえば、握った掌《てのひら》も大きかったな。そんなことをぼんやりと考えていたオリビアの耳に、ウィリアムの声が滑《すべ》り込む。

顔を上げると、いつの間にかウィリアムの隣《となり》に、ユリウスが歩み寄っていた。侍従団は壁際《かべぎわ》に待機させたままのようだ。彼の背後には、見慣れない一人の青年が立っていた。

「最近の殿下の成長は目覚ましいばかりですよ」

屈託《くったく》なくウィリアムは笑いかけるが、ユリウスは曖昧《あいまい》に首を傾《かし》げる。息子《むすこ》を褒《ほ》められてどこか照れもあるのか、ちらりとアルフレッドに視線を向けるが、特に何を言うでもない。

オリビアはそんなユリウスとアルフレッドを見比べる。

よく似た容姿だと思う。豪奢《ごうしゃ》な金髪《きんぱつ》。青金剛石《あおこんごうせき》のような瞳《ひとみ》。白磁のような肌《はだ》。

「まぁ、指導者がいいんでしょうかね」

ウィリアムが軽口を叩く。ユリウスは鼻で笑うが、その瞳は柔《やわ》らかい。

黒髪《くろかみ》緑眼のこの騎士《きし》に、絶対的信頼《しんらい》を置いていることは、その表情を見れば明らかだった。

乳兄弟《ちきょうだい》でもあるウィリアムは、ユリウスが王位にいたときも、そして退位し、ルクトニア領主に封《ほう》じられてからも、決して側《そば》を離《はな》れようとはしなかった。『ユリウスの死刑執行人《しけいしっこうにん》』と揶《や》揄《ゆ》され、「成り上がりの羊飼いめ」と貴族達から陰口《かげぐち》を叩かれようが、常に彼は飄々《ひょうひょう》とユリウスに従い、その身を守ってきた。

――いつか、私も……。

オリビアは、そんな父とユリウスの姿を見て、幼い頃《ころ》からそう思っていた。アルフレッドがルクトニア領主となった暁《あかつき》には、自分もその隣にいたい。彼を守り、信じ、一緒《いっしょ》にルクトニアのために働きたい。そう願うようになっていた。

「わたしは、オリビアこそが素晴《すば》らしいと思うがな」

不意に名前を呼ばれ、オリビアは肩《かた》を震《ふる》わせた。顔を向けると、ユリウスが優雅《ゆうが》に笑って自分を見ている。

「君の強さは、ウィリアムに勝《まさ》るとも劣《おと》らない」

褒められ、オリビアは緊張《きんちょう》と嬉《うれ》しさで顔が火照《ほて》るのを感じた。「あ、ありがとうございます」。ぺこりと頭を下げたが、視界をかすめたのは、ユリウスの背後に立つ青年の冷ややかな視線だ。

――誰《だれ》だろう……。

訝《いぶか》しく思った矢先、「ですがねぇ」と父親の苦笑《くしょう》交じりの声が、下げた頭の上を滑った。

「何度も言うように、もう限界だと思ってますよ、僕は」

そろり、と顔を上げた先で、ウィリアムと目が合う。腕を組み、顎《あご》をつまむようにしてユリウスと話していたようだが、オリビアの視線に気づいたのだろう。顔をこちらに向けた。

「君が弱い、って言ってるんじゃないよ。そこは間違《まちが》えないで」

諭《さと》すように言われ、オリビアは、おずおずと頷《うなず》いた。

「オリビアには言ってなかったけど、殿下の侍従団を作ろうって話になっててね」

ウィリアムの言葉に、オリビアは父親譲《ゆず》りの翡翠色《ひすいいろ》の瞳をアルフレッドに向ける。当然、彼も知っていると思っていたが、違うらしい。驚《おどろ》いたように目を見開いていた。

「その流れで、護衛騎士の成員も見直そうかな、って」

「オリビアを外す、ということですか」

慎重《しんちょう》に問うたのはアルフレッドだ。その言葉に弾《はじ》かれたようにオリビアは父を見た。

「いや、あくまで案であって、決定事項《じこう》ではないけど」

ウィリアムは口をへの字に曲げる。

現在、アルフレッドの護衛騎士として正式に任命されているのは、オリビアを含《ふく》めた十名の騎士だ。アルフレッドの紋章《もんしょう》をとって『有翼馬《ゆうよくば》騎士団』と呼ばれているが、誰もがかりそめの騎士団であることは知っている。規模が小さすぎるからだ。あくまで『護衛』だけを目的に結成されており、彼が次期領主として公《おおやけ》に周知されたとき、改めて人員を整理し、正式な『騎士団』に再編されることとなる。

――騎士団の再編に、私が外れる可能性があるって、こと……？

茫然とウィリアムを見つめていたら、「オリビア」と名前を呼ばれた。

「その、『有翼馬騎士団』再編の中心人物になる騎士だ」

ウィリアムはオリビアではない、誰かを見ている。オリビアは彼の視線をたどった。

「初めまして、オリビア嬢《じょう》」

低い、けれど、耳に心地《ここち》よい声に、オリビアは顎を上げた。

「コンラッド・ウィズリーと申します」

ユリウスの背後に立っていた青年騎士だった。

二十代前半だろうか。栗色《くりいろ》の髪に、榛色《はしばみいろ》の瞳。アルフレッドより少し長身だが、細身ではない。がっしりとした肩幅《かたはば》と、軍服越《ご》しにもわかる厚い胸筋を持った青年だ。

「はじめ、まして」

手を差し出されたので、オリビアも剣《けん》をおさめて右手を差し出す。一瞬力を込めて握《にぎ》られた掌は、剣だこのある、乾《かわ》いた大きなものだった。自分の隣に立つアルフレッドを見やると、こちらは初対面ではないのか、あの猫《ねこ》かぶりの笑みを浮かべて会釈《えしゃく》している。アルフレッドの視線を感じたコンラッドは握った右拳《みぎこぶし》を左胸に当て、敬礼をしてみせた。

「オリビア、彼はシャムロック騎士団に所属していたらしいよ。剣の腕が立つそうだ」

アルフレッドがオリビアに紹介《しょうかい》してくれた。

声音《こわね》は柔らかいが、瞳は抜《ぬ》け目なくコンラッドを見ている。オリビアは、彼が口にした『シャムロック騎士団』という名称《めいしょう》に目を瞠《みは》る。王都では有名な教会所属の騎士団だ。勇猛果敢《ゆうもうかかん》で、ユリウスの在位時に起こった内乱では、聖歌を歌いながら先陣《せんじん》を切って敵地に飛び込み、その歌が『凱歌《がいか》』になった、という逸話《いつわ》がある。異端《いたん》の調査でも有名な騎士団だと記憶《きおく》していた。

「別に、オリビアを残してもいいんじゃないのか？　護衛騎士として」

ユリウスが不機嫌《ふきげん》そうな声を漏《も》らす。一瞬《いっしゅん》、安堵《あんど》の色を浮《う》かべたオリビアとアルフレッドだが、不意に聞こえた苦笑に、顔をこわばらせた。

「失礼」

ゆるく握った拳で口元を隠《かく》し、俯《うつむ》いていたコンラッドが、オリビアの視線に気づいて目を細めた。

「いや、無理でしょう。彼女に務まるはずがありません」

断言され、オリビアは言葉をなくす。

「理由は？」

尋《たず》ねたのはユリウスだ。自分の提案が却下《きゃっか》されたと思ったのだろう。剣呑《けんのん》な目でコンラッドを見やる。賢王《けんおう》と名高く、その美麗《びれい》な容姿に惑《まど》わされやすいが、本人は非常に気分屋だ。露骨《ろこつ》に気分を表情に出すので、コンラッドも不興を買ったと焦《あせ》ったようだ。

「差し出がましいことを……」

そう口にしたが、「さっさと言え」と切り捨てられる。

「殿下をお守りするには、彼女は身体《からだ》が小さすぎます」

コンラッドは背筋を伸《の》ばし、真っ直《す》ぐにユリウスを見て答えた。

「護衛に必要なのは、武術だけではありません」

明確にコンラッドは断言した。

「放たれた矢、振《ふ》り下ろされた剣、投擲《とうてき》された槍《やり》など、様々な物理攻撃《こうげき》から護衛対象者を守るためには、『身を挺《てい》する』必要があります」

その声音は淡々《たんたん》としていたが、一語一語が礫《つぶて》となり、オリビアの胸を打つ。知らずに俯いた視界に入るのは、自分の手だ。まだ、コンラッドに握られた感覚が残っている。大きく、がっしりと、力強い手。自分とは違う、男の手。

「わたしがシャムロックに在籍《ざいせき》していた折、舶来《はくらい》の珍《めずら》しい武器を使って攻撃してくる武人や、異端と呼ばれる不可思議な術を使ってくる輩《やから》もおりました。そういった、自分の想定外の攻撃からも護衛対象者を守るためには、『盾《たて》』になる必要があります」

うなだれて聞いていたオリビアは視線を感じ、顔を上げる。途端《とたん》に、コンラッドの榛色の瞳に搦《から》め捕《と》られた。

「そのとき、護衛対象者より身体が小さくては、『盾』になれません」

コンラッドの言葉に、ユリウスは、不服そうにウィリアムへと青金剛石の瞳を転じる。ウィリアムは笑顔《えがお》でその視線を受け流すと、オリビアを見た。

「何も今すぐに殿下《でんか》の護衛騎士から外すわけじゃない。あくまで、そんな意見もある、ということだから」

オリビアは神妙《しんみょう》な表情のまま「はい」と応じる。だが、その案を推《お》しているのは、まぎれもなく父なのだと感じ取った。

「失礼します、閣下」

壁際《かべぎわ》にいた侍従《じじゅう》団の一人が、ユリウスの側《そば》に近づき、控《ひか》えめに声をかける。「時間か？」。ぶっきらぼうにユリウスが尋ね、侍従は深く頭を下げる。ユリウスは首肯《しゅこう》すると、コンラッドとウィリアムを見た。

「行くぞ」

それだけ言うと、返事も聞かずに背を向ける。コンラッドは当惑《とうわく》したようにウィリアムを見上げた。「はいはい。行きますよー」。ウィリアムはおざなりに返事をしながら、そんなコンラッドの背を押して歩き出す。だが、唐突《とうとつ》に振り返った。

「負けた人は、素振《すぶ》り四百ね」

ウィリアムは朗《ほが》らかにオリビアとアルフレッドに指示を出す。一度ずつ負けたから、二人とも今から「素振り四百」だ。互《たが》いに顔を見合わせて肩を落としている間に、ユリウスとその侍従団は武道場から姿を消した。

「コンラッドって人、アルは知ってたの？」

オリビアは武道場の扉《とびら》を眺《なが》めたまま、尋ねる。「まぁ、うん」と返事をしたアルフレッドは、その後慌《あわ》てたように言葉を続ける。

「だけど、騎士《きし》団の話は今日、初耳だし。お前が護衛騎士を外れる可能性があるなんて、全然知らなかったんだからな」

早口な言葉に、オリビアは苦笑いしながら頷いた。その様子にアルフレッドは表情をやわらげる。試合で乱れた長髪《ちょうはつ》を束ね直しながら、言葉を続けた。

「数日前かな。父上の執務《しつむ》室で初めて会って……。腕《うで》は立つらしい。ウィリアム卿《きょう》がわざわざシャムロック騎士団から引き抜いてきたらしいし」

「お父様が……」

呟《つぶや》いて、なんだか胸のあたりが重い。やはり父は、アルフレッドの護衛に自分はふさわしくない、と思っているのか。気づけば、さっきまで賑《にぎ》やかだった武道場に、重苦しい空気が広がっていた。

「なぁ、今晩、『夜の街《ナイト》』に行くだろ？」

その雰囲気《ふんいき》を吹《ふ》き飛ばすように、アルフレッドが明るい声を上げる。だが、オリビアは更《さら》に眉間《みけん》の縦じわを深くしてみせた。

「二日前に行ったばかりでしょ？　せめて、一週間に一回程度にしようよ」

「エラが欲しがってた本を手に入れたんだ。早く届けてやりたいし」

あんまり頻繁《ひんぱん》に行くのはよくない。そう言おうとしたのだが、共通の知人でもある街娼《がいしょう》のエラの名前を出されたら、オリビアも口ごもる。

「……じゃあ、その本を渡《わた》したら、さっさと帰ろうね」

おう、とアルフレッドは陽気に笑い、どん、とオリビアの背を叩《たた》いた。

「頼《たよ》りにしてるぜ、護衛騎士」

そう言われ、オリビアは苦笑する。たぶん、彼なりに励《はげ》ましてくれているのだろう。

「じゃあ、その前に、さっさと素振りを済ませちゃおう」

「……そうだな……。お前、真面目《まじめ》だな……」


「今日は、何かあるのか？」

その日の晩。『夜の街《ナイト》』にやってきたオリビアは、周囲に視線を走らせながら尋ねる。

エラと話し込んでいたアルフレッドが、湖氷色《こひょういろ》の瞳《ひとみ》を向けてきた。オリビアは、腰《こし》に佩《は》いた剣の鯉口《こいぐち》に指を掛《か》けたまま、肩口に緊張感《きんちょうかん》を漂《ただよ》わせる。なんだか、今日の『夜の街《ナイト》』は騒《そう》々《ぞう》しい。いや、騒々しい、という表現は間違《まちが》いかもしれない。この街はいつも賑やかなのだから。うるさい、というのも違う。

たとえるなら、街自体が、どこか不安定に揺《ゆ》れていた。

通りには人が一方向に向かって足早に歩き、時折喧騒《けんそう》に似た声が上がる。喧嘩《けんか》ではない。嬌《きょう》声《せい》でもなかった。どちらかといえば、「歓声《かんせい》」に近い。

「『魔術師《まじゅつし》と猟犬《りょうけん》』が来てるのさ」

二人とは馴染《なじ》みの街娼であるエラは、大きな胸の前で古びたショールをかき抱《いだ》いた。

彼女が動くと、濃《こ》い白粉《おしろい》の匂《にお》いがする。当初、オリビアはこの匂いが苦手でたまらなかったが、今では「白粉」の香《かお》りを嗅《か》ぐと、エラを思い出すほど身近になった。

「何それ」

オリビアは目を瞬《またた》かせる。エラは煙草《たばこ》で掠《かす》れた声で笑った。

「おやおや。私より若い子達が知らないとはね。王都じゃ有名な奇術師《きじゅつし》一座らしいよ」

エラに言われてなお、オリビアにはぴんと来なかった。

「大道芸？」

低い声でエラに尋ねる。エラは口紅のにじむ唇《くちびる》を歪《ゆが》め、肩《かた》を竦《すく》めた。

「そんなもんじゃないのかね。私も実はよく知らないのさ」

「ふぅん。面白《おもしろ》そう」

そう声を漏《も》らしたのはオリビアではなかった。アルフレッドだ。

「行かないよ！」

反射的にオリビアはぶんぶんと首を振る。アルフレッドは不満そうに鼻を鳴らしてみせた。

「なんでよ」

腕を組み、幼い子どものようにオリビアを睨《にら》み付ける。「はぁ!?」。オリビアはそんな彼を逆に睨み上げた。不特定多数の人がいるところに行って、何かあったらどうするのだ。この男には、自分がルクトニア領主の嫡男《ちゃくなん》だという自覚が本当にあるんだろうか。オリビアは再度そのことを確認《かくにん》しようと口を開いたのだが。

「行ってきなよ、オリバー」

エラが噴き出しながら言った。すると、目じりの辺りから頬《ほお》にかけて化粧《けしょう》で隠《かく》した傷が現れる。エラと出会うきっかけになったその傷は、オリビアの脳裏《のうり》にあの日の出来事を呼び覚ました。

彼女の頬に、傷が刻まれたあの晩。

それは、今日の夜のような、下弦《かげん》の月が輝《かがや》く晩だった。

その傷をつけたのは、彼女の恋人《こいびと》だ。

たまたま『夜の街《ナイト》』を歩いていた二人は、女性の悲鳴と泣き声が聞こえ、路地裏に飛び込んだのだ。

視界に入ってきたのは、女性に馬乗りになって、ナイフを振《ふ》りかざす男の姿だ。女性は顔を覆《おお》って泣いている。その指が、頬が、薄闇《うすやみ》の中でもわかるほど、赤い。

斬《き》られたのだ、斬りつけられているのだ。理解した瞬間《しゅんかん》、オリビアは抜刀《ばっとう》して男に向かった。怒《いか》りに任せて駆《か》け出したオリビアだが、その勢いと彼女が身に着けている衣服から『騎士』

だと気づいた男は、舌打ちしながら女性から離《はな》れた。

『自警団を呼ぶわよ！』

アルフレッドが澄《す》んだファルセットで怒鳴《どな》ると、男はあっさりと逃《に》げ出す。追おうとしたオリビアの長靴《ブーツ》にとりすがって止めたのは、血塗《ちまみ》れになった女性だった。

『やめて。あいつが戻《もど》って来たとき、もっとひどいことされる』

女性は嗚咽《おえつ》を漏らしながら、首を横に振った。『捕《つか》まえないで。追わないで』と。

愕然《がくぜん》として動けないオリビアに代わり、アルフレッドは女性に近づいた。頬の傷をハンカチでぬぐってやりながら事情を聴《き》く。その女性は、「エラ」と名乗った。

あの男は情夫であること。逃げても逃げても、彼女が稼《かせ》ぐ金目当てに追ってくること。今晩は客がつかず、渡す金がないと説明したが信じてもらえず、ナイフで顔を斬られた、ということ。

オリビアにとっては何もかもが信じられず、考えられず、思いもしなかったことだ。

自分の父親であるウィリアムが、妻であり恋人でもあるシャーロットに暴力を振るうなど、想像すらできない。

そして、アルフレッドの両親であるユリウスとアレクシアも仲がいい。オリビアの周囲には、「恋人に暴力をふるう男」など存在しなかった。

だが、『夜の街《ナイト》』は違う。そんな男も、そんな男に搾取《さくしゅ》され泣いて暮らす女もいるのだ、とオリビアは初めて知ったのだ。

「その奇術師達はどこでやってるの？　今から行っても間に合うかな」

アルフレッドはいてもたってもいられない、と言わんばかりに足踏《あしぶ》みを繰《く》り返し、場所を尋《たず》ねている。エラはその様子に笑いながらも、優《やさ》しく丁寧《ていねい》にブロックを教えていた。

――……元気になってよかった。

アルフレッドに説明をしているエラを見、オリビアは思う。

結局、アルフレッドは自警団にエラの情夫の情報を渡した。自警団は情夫を捕まえ、そして『夜の街《ナイト》』から排除《はいじょ》してくれた。二度とこの街に入って来られないように、それなりの報復を与《あた》えて。

エラは今後、あの情夫に追い回されることはない。上前を撥《は》ねられることもない。

この、『夜の街《ナイト》』にいる限り。

そう。裏を返せばエラは、結局『夜の街《ナイト》』にしかいられなくなったのだ。

自分達がしたことが。していることが、正しいことなのかはわからない。いつもこれで良かったのか、とオリビアは自問している。もちろんそれは、アルフレッドもだ。

アルフレッドは、誰《だれ》よりも先に、傷ついた人を見つける。弱い人の手を取る。そして、正解などない問題に、必死に「答え」を出す。オリビアにはできない決断を、勇気と責任において、下す。だからだろうか、アルフレッドが『夜の街《ナイト》』に出て行くのを、完全に止められないのは。

アルフレッドは自分の力と知識だけで弱者を守ろうと必死だ。『夜の街《ナイト》』に、彼の肩書《かたが》きは存在しない。徒手空拳《としゅくうけん》で弱者のために足掻《あが》く。

そんなアルフレッドを見ていると、『じゃあ、私には何ができるのだろう』、そんな問いが、いつも心に浮《う》かぶ。

そして、ひとつの答えを出した。自分は、アルフレッドを守ろう。『夜の街《ナイト》』で活動をする彼に危害が及ばぬよう、この腕《うで》と剣《けん》で守ろう、と。

それは、父であるウィリアムも、ユリウスに対して日々感じていることなのではないだろうか。

ユリウスが王位にいて善政を敷《し》いたときも、退位し、ルクトニア領に移ってきたときも、ウィリアムは決してユリウスの側《そば》を離れなかった。影《かげ》のように従い、飄々《ひょうひょう》と側にいた。前王ということで命を狙《ねら》われることも多い彼を、常に守った。

きっと、今、自分がアルフレッドに感じているような。そんな思いに突《つ》き動かされているからではないだろうか。ユリウスを守ることが、国を守ることだ。そんな確信が父にはあるのだろう。オリビアは最近、そう思うのだ。

「……観《み》に行く？」

仕方なく、アルフレッドにそう申し出た。途端《とたん》に目を輝かせ、首肯《しゅこう》する彼に、ため息を吐《つ》いた。自分より年上だというのに、本当に手がかかる弟のようだ。オリビアは彼に向かって肘《ひじ》を差し出す。自然な素振《そぶ》りでアルフレッドは腕を絡ませてきた。

「楽しんできて」

オリビアとアルフレッドに、エラが声をかけてくる。互《たが》いに首だけ捩《ね》じって振り返り、「良い夜を」と返した。エラは満足そうに頷《うなず》くと、ショールを掻《か》き合わせながら、雑踏《ざっとう》の中を歩き出す。

オリビアはしばらくそんな彼女を眺《なが》めていたが、アルフレッドに促《うなが》され、歩き出した。

アルフレッドに腕を取られたまま、石畳《いしだたみ》の上に足を振り出す。がちゃり、と踵《かかと》で拍車《はくしゃ》が鳴った。すぐ隣《となり》ではヒールが地面を蹴《け》る、かつり、という音が響《ひび》く。

「二ブロック先らしい」

拍車が鳴る音に交じり、不意に低い声が耳元で聞こえた。オリビアは弾《はず》みで顔を上げ、声の主を見る。丁度自分の目元辺りに顎《あご》があった。無駄《むだ》のない輪郭《りんかく》に、歩みと共に揺《ゆ》れる孔雀石《くじゃくせき》の耳飾《みみかざ》り。さっき、エラには「トンボ石よ」と言っていたが、そんなわけはない。舶来《はくらい》の品だ。

「なに」

まじまじと見過ぎたせいだろう。アルフレッドが不思議そうに目を瞬《またた》かせた。

「いや。地声だ、と思って」

ありのままをオリビアが言うと、はん、と馬鹿《ばか》にしたように笑う。

「お前と二人なのに、なんで裏声なんだよ」

低い声で言い放たれ、言うんじゃなかった、と目線を逸《そ》らす。アルフレッドの声に抑揚《よくよう》はなく、質量を持つように重い。オリビアは息を吐いた。今夜の空もまた、燻《いぶ》されたように曇《くも》っている。ちらちら瞬くのは恒星《こうせい》だけだ。

「知らねぇんだよな」

囁《ささや》くような声が耳朶《みみたぶ》に触《ふ》れた。オリビアは空に上げた瞳《ひとみ》を隣に移動させる。

同時に、どきりと息を呑《の》んだ。それぐらい、アルフレッドの顔が近い。

多分、地声で喋《しゃべ》っているからだろう。周囲に声が及ばぬよう腰《こし》を屈《かが》め、オリビアの耳に口を寄せている。ふわりと漂《ただよ》うのは、アルフレッドがいつも好んで付けている香水《こうすい》だ。甘く、桃《もも》に似た香《かお》りが鼻先をくすぐり、同時にオリビアの視界に入るのは、男性的な眉《まゆ》と強い視線。

どきり、と。また心臓が強く脈打つ。

反射的に背をのけぞらせようとするのに、組まれた腕がそれを阻《はば》む。その腕の力にもオリビアは戸惑《とまど》った。不意に思い出したのは、午前中の試合のことだ。

――力が、強くなってる……。

ほんの数年前までは、オリビアの方が強かったのに。

それは、誰もが知ることだ。だからこそ、オリビアは女子でありながら、アルフレッドの侍《じ》従《じゅう》として、護衛騎士《きし》として側近くに控《ひか》えていたのだ。

『さすがウィリアム卿《きょう》のご息女』『ユリウス閣下にはウィリアム卿。アルフレッド殿下《でんか》にはオリビア嬢《じょう》』。そう言われて、誇《ほこ》らしかった。嬉《うれ》しかった。

自分も、父のようになれる。本気でそう信じていた。

だが。

その自分は今、アルフレッドの護衛騎士から外されようとしている。

「……なに」

湖氷色《こひょういろ》の瞳がオリビアを凝視《ぎょうし》する。低く問われ、オリビアは慌《あわ》てて首を横に振る。髪《かみ》の毛は頭の後ろで団子にして留めているから、揺れることはない。

「なんにも」

そう答え、胸から喉《のど》にわだかまる気持ちを押しつぶす。『いつか、アルの隣にいられなくなるかも』。せり上がる弱気な気持ちを、ぐい、と飲み込んだ。

「知らない、って何を？」

オリビアも素《す》の声でアルフレッドに尋ねる。不覚にも彼に動揺《どうよう》したのが悔《くや》しくて、オリビアはわざとアルフレッドに顔を近づける。彼の鼻に唇《くちびる》が触れそうな距離《きょり》に、今度はアルフレッドの方が目を泳がせた。

「いや、だからさ」

ごほり、と咳払《せきばら》いをひとつすると、アルフレッドは背を伸《の》ばして顎で前を指した。

『魔術師《まじゅっし》と猟犬《りょうけん》』って奇術師《きじゅっし》を、さ」

オリビアは首を傾《かし》げた。さっきエラが言っていたではないか。『王都で有名なのだ』と。

「王都で流行《はや》ってたんじゃないの?」

今年もアルフレッドはユリウスに付いて王都に行ったはずだ。そのとき、耳にしなかったのだろうか。

「少なくとも、おれは知らん」

アルフレッドは首を小さく横に振《ふ》った。「ふぅん」。オリビアは曖昧《あいまい》に返事をする。では、箔《はく》をつけるためにそんなことを言いだしたのかもしれない。大道芸をするものや商人がよく使う手口だ。別に珍《めずら》しいわけでもない。

『母国では知らぬものなし』『他領ではすでに爆発的人気《ばくはつてき》』

海港都市であるルクトニア領では、そんな触れ込みは掃《は》いて捨てるほど出回っている。

「アルは奇術師って見たことある?」

オリビアはアルフレッドと歩調を合わせながら尋《たず》ねる。家格や身分などを考え合わせれば、オリビアは本来アルフレッドのことを『殿下』と呼ばねばならないことはわかっているのだが、幼い頃《ころ》から一緒《いっしょ》に育ったせいか、どうしても気安くそう声をかけてしまう。また、周囲もそれを許す雰囲気《ふんいき》があった。あの二人は、仕方あるまい。そんな風にどこか微笑《ほほえ》ましく接するせいか、オリビアはアルフレッドを『殿下』などと呼んだことはついぞない。

「手品師とどう違《ちが》うんだろ」

オリビアが小首を傾げると、「それな」と喰《く》い気味に応じられる。

「奇術と手品って何が違うんだよ。併《あわ》せて言えば、大道芸はどうなんだ」

鼻息荒《あら》くアルフレッドが言う。オリビアも頷きながらアルフレッドに尋ねた。

「剣とか飲んだりするのかな」「壺《つぼ》から蛇《へび》が出るのかもよ」

二人とも争うように「自分が思う奇術」を口にしながら、エラが教えてくれた場所に向かう。

エラは「二ブロック先」と言ったが、すでに一ブロック過ぎた辺りから、大勢の歓声《かんせい》や爆《は》ぜるような音、軽快なアコーディオンの旋律《せんりつ》が夜闇《よやみ》を震《ふる》わせていた。

思わず二人は顔を見合わせる。楽しそうだ。あれだけ行き渋《しぶ》っていたオリビアの顔も華《はな》やいでいる。どんなことが行われているのだろう。足を速めた二人の耳が次に拾った音は。

大きな爆発音だった。

「……え？」

アルフレッドが声を漏《も》らす。咄嗟《とっさ》にオリビアはアルフレッドの腕《うで》を摑《つか》んで自分の背後に回した。なんだ、何が起こった。

オリビアは公演を行っているという広場に通じる街路へ、慎重《しんちょう》に顔を覗《のぞ》かせる。

途端に上がったのは怒号《どごう》と悲鳴だった。反射的に腰の剣《けん》に手をやる。事故か。暴動か。頭に浮《う》かんだのはそんな内容だった。

――何が、起こってる……？

オリビアは慎重に一歩踏《ふ》み出す。

そしてすぐに足を止め、息を呑んだ。

群衆が、一気にこちらへなだれ込んできたからだ。

多分、公演を観《み》ていた客達なのだろう。オリビアの斜《なな》め後ろにある、放射状に広がる道を目指し、一斉《いっせい》に移動し始めている。あ、と思った隙《すき》にどん、と群衆に肩《かた》を押され、よろめいた。

まずい、と感じた瞬間《しゅんかん》には、別の男に腕を弾《はじ》かれる。しまった、と思ったときには、後ろ向きに蹈鞴《たたら》を踏んでいた。

完全に体勢を崩《くず》し、地面に尻餅《しりもち》をつく寸前で。

ねじられるように背後から腕が引かれる。

痛みに顔を歪《ゆが》ませ、だけど咄嗟に足を踏ん張った。転倒《てんとう》を避《さ》ける。そのオリビアの腰を誰《だれ》かの腕がしっかりと捉《とら》えた。

ふわりと甘い香水がよぎる。刹那《せつな》。

背中に軽い衝撃《しょうげき》があり、次に顔や胸に圧迫感《あっぱくかん》を覚えた。

「大丈夫《だいじょうぶ》か」

予想外に間近から声が降ってきて驚《おどろ》く。

「……痛《いて》……ぇなあ、おい」

不機嫌《ふきげん》な低い声。ふわりと耳朶に触れる呼気。オリビアは息を呑《の》み、顎を上げる。

それだけの動きに、空気が揺れ、香《かお》りが舞《ま》う。

甘い。桃に似た香り。

「……アル」

声が震えた。「おう」。ぶっきらぼうな声が左耳の直《す》ぐ側《そば》で聞こえ、首を竦《すく》めた。身じろぎしようとするが、アルフレッドの腕と腕の間に囲われ、動けない。おまけに背後は壁《かべ》だ。知らずに後退しようとしたのか、拍車《はくしゃ》が無様にがちりと音を立て、オリビアは膝《ひざ》を曲げて居すくんだ。

伸び上がろうとしたら、アルフレッドと顔がぶつかりそうだ。

不意に、ぎゅっとアルフレッドが更《さら》に間合いを詰《つ》めてくる。濃《こ》くなる香り。ふっ、と彼が漏らす呼気に、心臓が爆音を立てる。

「ってぇなあ！　おいっ」

アルフレッドが背後に向かって、唸《うな》り声を上げる。ようやくオリビアは我に返った。

あれだ。自分が群衆に押されて倒《たお》れそうになったから、咄嗟にアルフレッドが自分を壁際《かべぎわ》に引き寄せてくれたのだ。そして、現在も、移動する人の波から自分を囲ってくれているらしい。

「待って、待って！　大丈夫だから、私」

オリビアは慌てて姿勢をただそうとしたが、膝を伸ばせばアルフレッドと顔がくっつくし、縮めれば護衛としての役目はほぼ皆無《かいむ》だし、どうしたもんかと戸惑った末に。

「ぐへっ」

頭頂部でアルフレッドの胸に頭突《ずつ》きをした。一体何を詰めているのか、オリビアより大きな胸にぼすり、と一撃《いちげき》を食《く》らわせたのだが、予想外の衝撃を与《あた》えたらしい。アルフレッドが呻《うめ》いて背を反らす。その隙に、彼の腕の間からすり抜《ぬ》けた。

「怪我《けが》人とか……」

出てないかな、とオリビアが周囲を窺った側では、アルフレッドが胸を押さえてむせていた。

次の瞬間、再び軽快な音楽が鳴り始めた。

拍子《ひょうし》の速い旋律に、打楽器の軽快な音が続く。警笛に似た笛が鳴り、どこからか綿菓子《わたがし》に似た甘い匂《にお》いまで漂《ただよ》い始める。

ぴたり、と。群衆が足を止めた。オリビアもそうだ。今度はなんだと周囲を見回す。

「さぁさぁ、まだまだ！」

朗々とした男の声が広場の方から聞こえてくる。ガツガツと踵《かかと》で拍子を刻み、手拍子を取るような音がそれに重なった。途端《とたん》に、ヴァイオリンが甲高《かんだか》く夜闇を斬《き》った。鍵盤《けんばん》楽器が奏《かな》でる楽曲は、この辺りでもよく聞く抒情詩《じょじょう》の一節だ。

「……まだ、やってるのか？」

「なんだ、さっきのは事故じゃなかったのか」

オリビアの周囲の男達がそう言うと、苦笑いを浮かべながらまた広場に戻《もど》っていく。それに続くのは逃《に》げ出した観衆だ。口々に、「さっきは驚いたな」や「火薬が爆発したのかと思った」と、数分前の恐慌《きょうこう》が嘘《うそ》のように、笑いながら戻り始める。

誰かが指笛を鳴らすと、拍手《はくしゅ》が続いた。まばらだった拍手はいつの間にか渦《うず》になり、そして、舞《ぶ》台《たい》から離《はな》れていた観衆は、徐々《じょじょ》にまた、距離を詰め始める。

「……落ち、ついた……？」

次第《しだい》に穏《おだ》やかになる雰囲気に、オリビアもゆっくりと緊張感《きんちょうかん》を解く。

「よか……。痛っ！」

よかったね、アル。そう言おうとしたのに、ぱちり、と頭を叩《たた》かれ、オリビアは頰《ほお》を膨《ふく》らませた。

「何すんのよっ」

「それはこっちの台詞《せりふ》だろうがっ」

頭を撫《な》でていたら、両腰《りょうごし》に手を当てたアルフレッドに怒鳴《どな》られた。

「手前《てめ》ぇ、人に頭突きしやがって！」

「アルが離れてくれなかったからじゃないっ」

「離れて、って言えばよかったろうよっ」

「言った！」

「言ってねぇ！」

その後も、「言った」「言わない」の不毛な会話を数十回ほど繰《く》り返したときだった。

「そこのレディと騎士殿《きしどの》」

二人の会話に割って入る、低い声があった。

背中に氷水でも流されたように二人は背筋を伸《の》ばし、反射的に顔を向ける。

まずい。咄嗟に無表情で顔を隠《かく》す。二人とも無防備に話しすぎた。いや、怒鳴り合いすぎた。

——聞かれた……っ？

オリビアはぎゅっと唇《くちびる》を引き結ぶ。だが。

「いやいやいや、ご無事で何よりでした」

目の前に立っていた片眼鏡《かためがね》の男は、口早にそう言い、恭《うやうや》しく一礼をする。几帳面《きちようめん》なほどの礼《れい》儀《ぎ》正《ただ》しさでアルフレッドの手を取り、その甲《こう》に軽くキスを落とした。

「レディ。何事もなく、心より安堵《あんど》しております」

するりと背を伸ばして目を伏《ふ》せた男は、アルフレッドと同じぐらいの背の高さだ。

黒いシャツに黒い上着、革《かわ》の乗馬用長靴《ブーツ》を履《は》いており、ピンホールに白いバラを挿《さ》していた。

この辺りでは見ない品種で、かなりの多弁だ。

「お怪我は？　大丈夫ですか？」

のぞき込むように男が尋《たず》ねる。「いえ」。短く、綺麗《きれい》なファルセットでアルフレッドが応じる。

ぎゅっと、湖氷色《こひょういろ》の瞳《ひとみ》で見返すと、薄《うす》い唇に笑《え》みを乗せて今度はオリビアを見た。

「お側《そば》の騎士殿はいかがです」

オリビアは小さく頷《うなず》く。

「よかった。あちらで見ていたら、人が殺到《さっとう》したものですから」

男は公演会場の方を指さし、慎《つつ》ましげに笑う。「危《あや》うく、潰《つぶ》されるかと」。男はそう続け、さらに口を開いたが。

「貴殿《きでん》は？」

オリビアは会話を断《た》ち、切り返した。

「これは」

男は、ぱん、と上着の裾《すそ》を払《はら》い、再度慇懃《いんぎん》に礼をした。

「『魔術師《まじゅつし》と猟犬《りょうけん》』のノア・ガーランドと申します。以後、お見知りおきを」

ノアと名乗った男は、人好きのする笑みを浮《う》かべる。

「先ほどは、うちの奇術師《きじゅつし》達が術で観衆を驚かせすぎました。結果、あのように逃げ惑《まど》ってしまいまして……」

ノアは自嘲《じちょう》気味に笑った。

「まだまだ未熟でお恥《は》ずかしい限りです。大変ご迷惑《めいわく》をおかけしました」

そう締《し》めた後、「で？」とオリビアに向かって首を傾《かし》げてみせた。

「は？」

思わずオリビアも眉間《みけん》に皺《しわ》を寄せて、ノアを睨《にら》み付ける。

「ぼくに名前を尋ねた騎士殿のお名前を頂戴《ちょうだい》したいな」

甘い笑顔で尋ねられ、面食《めんく》らう。思わず一歩下がったところで、ぐい、とアルフレッドに肘《ひじ》を摑《つか》まれた。そこでようやく我に返り、オリビアは咳払《せきばら》いをする。

「オリバーだ。騎士位を持っている」

わざわざ言わなくて良いことまで口にしたのは、虚勢《きょせい》を張ったからだろう。

「そう。やっぱり騎士殿か」

返すノアの言葉にオリビアは戸惑う。なんというか、目つきや言葉遣《ことばづか》いがやけに優《やさ》しいのだ。

この『夜の街《ナイト》』で、オリビアにこんな風に話しかける男はいない。硬《かた》く荒《あら》い声をぶつけられたり、野次《やじ》を飛ばされたりすることはあっても、オリビアにこんな眼差《まなざ》しを向けたり、優し気に声をかけたりする男はいなかった。

——……育ちの、いい男なのかな。

オリビアは不審《ふしん》がられない程度に視線を送るが、服も小物も、あのバラを除けば普及品《ふきゅうひん》だ。取り立てて驚《おどろ》くような物ではない。衣服に紋章《もんしょう》が入っている様子もない。

「レディ」

ノアは灰緑色の瞳をアルフレッドに向ける。

「お名前を伺う栄誉《えいよ》をぼくに与《あた》えてくださいますか？」

目を伏せ、わずかに頭を下げるノアに、アルフレッドは生来の横柄《おうへい》さで「ふん」とひとつ鼻を鳴らした。

「アリーよ」

短く答えると、「ああ」と彼は声を上げた。

「あなた方が『漆黒《しっこく》のオリバー』と、『金髪《きんぱつ》のアリー』でしたか。噂《うわさ》は、この『夜の街《ナイト》』でかねがね」

目を細めてノアは笑みを深めた。

「子ども達に文字を教え、街娼《がいしょう》を暴力から守り、困窮《こんきゅう》した人間に知恵《ちえ》を与えているそうではないですか」

アルフレッドは興味なげに斜《なな》めに顎《あご》を上げた。ノアはそんな彼を灰緑色の瞳で捉《とら》える。

「『夜の街《ナイト》』の住民達は皆《みな》、あなた方をこう呼ぶ。『この街の光だ』と」

アルフレッドはしばらく無言でノアを凝視《ぎょうし》したが、彼の背後に見える公演会場に視線を転じた。

「これ、自警団や衛兵の許可を得て開催《かいさい》しているの？　安全性は大丈夫《だいじょうぶ》？」

ぶっきらぼうに尋ねると、ノアは「許可証は出ていますよ」とにこりと笑った。

その笑みに、オリビアは首を傾げる。

さっき自分に見せたような笑みと、どうも種類が違《ちが》う。この笑みなら、オリビアは知っている。社交的な笑みだ。相手と巧《うま》く距離《きょり》を取り、そして下手に出て様子を窺《うかが》う戦略的な笑み。

「事故は起こさないで頂戴よ」

アリーの言葉に、ノアは慎ましく頷いた。そのやりとりを見て、オリビアは少し気の毒に思えてくる。確かにさっきは危険な場面ではあったが、一方的にノアは言われっぱなしだ。アルフレッドが次の言葉を吐《は》く前に、オリビアは言葉を差し挟《はさ》んだ。

「ノアも奇術師なのか？」

低くそう尋ねる。「ぼく？」。ノアは真正面からオリビアを見、薄い唇を三日月にかたどる。

「そうだよ。興味ある？」

穏《おだ》やかな声に、またオリビアは怯《ひる》みそうになる。どうして自分は彼のこの声や瞳に、距離を置きたいと思うのだろう。オリビアはわざと胸を張り、必要以上に男らしく振《ふ》る舞《ま》った。

「興味は、ある」

「どんなことに？」

ノアはくすりと微笑《ほほえ》んだ。多分、年はアルフレッドより上だろう。二十代半ば。そんな余裕《よゆう》さえ感じられる表情だった。侮《あなど》られている。オリビアはそう感じた。

その態度がオリビアの気持ちを立て直す。負けん気が首をもたげて彼女の瞳を光らせた。そこに「好奇心《こうきしん》」も加わる。オリビアは身を乗り出すようにして尋ねた。

「奇術師とは、どのような技《わざ》を行うのだ」

オリビアはおどけて「地獄《じごく》の火でも召喚《しょうかん》するのか」と続ける。ノアは愉快《ゆかい》そうに笑った後、長い腕《うで》を組んだ。

「そうだな。ご迷惑をかけたお詫《わ》びに、ひとつご覧に入れよう」

言うなり、ノアはするり、と腕を解く。無造作にぐい、と袖《そで》を引き上げた。男にしてはしなやかで、だけど無骨な手首が見える。

「ほら」

いきなり二人の目の前に右掌《みぎてのひら》を開き、突《つ》き出してみせた。オリビアもアルフレッドも反射的に背を反らす。

くすり、と笑い声がする。ノアの灰緑色の瞳が悪戯《いたずら》っぽい光を宿らせていて、むっとアルフレッドが頬《ほお》を強《こわ》ばらせたときだ。

ノアはその手を握《にぎ》り込み、ぐるりぐるりと回してみせた。戸惑うアルフレッドとオリビアの目の前で再び手を開いた瞬間《しゅんかん》。

「うわっ」「にゃあっ」

二人は同時に悲鳴を上げる。

ノアの右掌から、突如炎《とつじょほのお》が上がったのだ。

「睫《まつげ》、焦《こ》げてない!?」「鼻、やばいっ」

互《たが》いに顔を見合わせて怒鳴《どな》り合う。辛《かろ》うじてファルセットと男声を保っているが、恐慌《きょうこう》一歩手前なのはその瞳を見ればわかる。

「「大丈夫」」

アルフレッドはオリビアの睫が焦げていないことに頷き、オリビアはアルフレッドの鼻がついていることを確認《かくにん》した。

そんな二人はすぐに軽妙《けいみょう》な笑い声に気づいて、苦い顔を声の主に向ける。

「失礼、失礼」

ノアは口元を軽く握った拳《こぶし》で隠《かく》しながら、くつくつと笑い続けていた。

「あんまり、可愛《かわい》らしいものだから」

視線を向けられ、オリビアはそう言われる。流石《さすが》に腹が立つ。自分は騎士だ。可愛いと言われて嬉《うれ》しいことなどない。

「無礼者」

短く切って捨てると、「失礼、騎士殿《きしどの》」。ノアは素直《すなお》にそう詫びる。

「タネはこれだよ」

更《さら》に何か言おうとした二人に対し、ノアは自分の右掌を開いてみせた。

そこにあるのは、一つまみの綿だ。

「……綿？」

アルフレッドが訝《いぶか》しげに尋《たず》ねる。「これが燃えたの?」と。

「綿って、結構燃えにくいよ」

ぼそり、とオリビアが言う。火種を包むときに使うことがあるが、さっき見たように燃え上がることはない。どちらかというと、火が「こもる」のだ。

「これは、硝化綿《しょうかめん》と言います、レディ」

ノアは礼儀《れいぎ》正《ただ》しくアルフレッドに告げた。

「濃硫酸《のうりゅうさん》と濃硝酸《のうしょうさん》を混酸の状態にし、そこに綿を浸《ひた》します。その後、大量の水で洗い流し、自然乾燥《かんそう》させますと、綿はニトロ化します」

ノアは瞳《ひとみ》をオリビアに転じる。

「この硝化綿に熱を近づけると、煤《すす》も残らず一気に燃え上がるのだよ」

「……でも、今は燃えてない」

オリビアはおそるおそる、ノアの掌に載《の》る硝化綿を指さす。

「今は火と接触《せっしょく》してないからね」

ノアは笑った。

「さっき、お二人の興味を右手に惹《ひ》き付けている間に、ここから火種を出して放《ほう》り込んだんだ」

そう言って、上着の裾《すそ》を叩《たた》いてみせる。くるりと裏生地《うらきじ》を向けると、鉄製のピルケースが見えた。ノアの説明が本当なのであれば、そこから素早《すばや》く火種をつまみ出し、放り込んだ、とい

うことか。

「公演でもこのようなことをしたのか？」

オリビアは首を傾《かし》げて尋ねた。ノアは苦笑《くしょう》し、片眼鏡《かためがね》を軽く右目に押し込んだ。

「もう少し大掛《おおが》かりなことを。結果、観衆を驚かせてしまったよ」

「例えば？」

アルフレッドが端的《たんてき》に尋ねる。ノアは肩《かた》を竦《すく》めてみせた。

「過酸化水素水の分解による化学反応を使った見世物《みせもの》、などでしょうか」

「……なんだって？」

オリビアが眉根《まゆね》を寄せてノアに顔を近づける。ノアは笑って言葉を続けた。

「過酸化水素水に石けん水を混ぜるんだ。その後、ヨウ化カリウムを混ぜると、分解反応が起こって、勢いよく泡《あわ》が空に向かって噴《ふ》き出す。『象のはみがき粉』というやつだね」

「………ふーん、なるほど………」

オリビアは頷《うなず》くが、いまいち理解していないのは誰《だれ》の目にも明らかだ。ノアはくつくつと笑いながら、自分の顎をつまんで腕を組む。

「単純なものなら、口からアルコールを噴いて火をつけたりとか……」

「皆が逃《に》げたきっかけになったのは？」

アルフレッドの質問に、ノアは口をへの字に曲げてみせた。

「マグネシウムを燃焼《ねんしょう》させてみせたのですよ。一気に閃光《せんこう》を出すのですが、そのとき、楽士が別の音を鳴らしたもので、爆発《ばくはつ》と勘違《かんちが》いさせてしまって……」

へぇ、とオリビアは素直に感嘆《かんたん》の声を漏《も》らす。世の中、自分の知らないことがまだまだあるものだ。

「ルクトニアは海港都市だから。他領よりも珍《めずら》しい物は多い……。だが、貴殿《きでん》等の技は見たことも聞いたこともない」

アルフレッドがファルセットの声を放つ。オリビアはふと彼を見上げた。

同時に、ぴくり、と、背筋を強ばらせる。

それほどアルフレッドは冷徹《れいてつ》な、冷静な、厳格な目でノアを見ていた。いや警戒《けいかい》をしていた。

「もちろん、王都でもあんた達の噂《うわさ》を耳にしたことはないわね」

「おや、そうですか。なるほど。ぼく達も、まだまだだ」

ノアはアルフレッドの視線を躱《かわ》すように肩を揺《ゆ》すらせた。

「しかし、この海港都市の繁栄《はんえい》ぶりは見事ですね、レディ。様々なものが流通している」

ノアは穏やかに笑う。

「そうだろう」

何故《なぜ》か、ふん、と胸を張ったのはオリビアだった。両手を腰《こし》に当て、ふんぞり返ってノアを見やる。

「なにしろ、前王ユリウス様が治める領だ。他領とは格が違う」

顎《あご》をつんと上げて自慢《じまん》するオリビアを、アルフレッドは呆《あき》れたように横目で見るが、特に何を言うでもない。澄《す》ましてはいるが、彼もおおむね同意見なのだろう。

「まったくだ。ぼくのようなよそ者でも、そのことは重々わかるよ」

ノアは目を細め、オリビアに視線を合わせて腰を折る。同意されたことに気をよくしたオリビアは、さらに何か言いつのろうと口を開くが、ノアの方が先に言葉を発した。

「まさに、王都を凌《しの》ぐ」

とん、と。ノアの言葉は、オリビアの心に確かな手触《てざわ》りを残して、揺《ゆ》らした。

オリビアは改めて目前の青年に双眸《そうぼう》を向ける。緩《ゆる》やかな笑《え》みを浮《う》かべ、ノアは視線を逸《そ》らさない。じっとオリビアを見つめている。

「ぼくが子どもの頃《ころ》なんて、ルクトニアと言えば、ただの風光明媚《めいび》な鄙《ひな》びた海街だった。それが、ここ数年の目覚ましい発展はどうだ。港は整備され、海路のみならず、陸路は国内の様々な場所に張り巡《めぐ》らされている」

ノアは曲げていた腰を伸《の》ばし、大きく両腕《りょううで》を広げてみせた。

「モノは溢《あふ》れ、人が行き交《か》い、カネが行き来する。たった十数年で、この変化。劇的だ」

ふわり、と笑った。首を傾げ、静かに。

「領主が替《か》わっただけで、こうも違うものか、と。皆《みな》息を呑《の》んだことだろう。領民も。そして、王都の人間も」

ノアはくすり、と声を立てて短く笑った。

「前王は素晴《すば》らしい方だ。ならば、そのご子息もやはり類《たぐ》い稀《まれ》な資質をお持ちなのかい？」

ただただ、落ち着いた低音でオリビアに尋ねる。だが、オリビアは口を引き絞《しぼ》って黙《だま》っていた。それは、アルフレッドも同じだ。

警戒音が、鳴る。

頭の奥底で、危機を知らせる何かが明滅《めいめつ》していた。この男は、何か違う、と。変だ、と。

剣呑《けんのん》な二人の視線の先で、だが、ノアはのんびりと、「そういえば」と声を上げた。指を伸ばし、アルフレッドの耳飾《みみかざ》りに触《ふ》れる。

「このような大振《おおぶ》りの孔雀石《くじやくせき》、王都でも見かけたことはございませんね」

「……ガラス玉よ」

アルフレッドは首をねじってノアの手を避《よ》ける。ノアもわきまえているのか、それ以上に触れようとはしなかったが、静かな瞳はアルフレッドに向けたままだ。

「ガラス玉、ですか。なるほど」

そう言い、目を細める。

「言われてみれば、これほどの孔雀石。本物であれば、購入《こうにゆう》者も所持者も限られますな。外国であれば王侯《おうこう》貴族が持っていそうな品物だ。であれば、この国ではどなたが持つのでしょう」

ノアは、首を傾げてみせた。

「国王か……。この領でしたら、ユリウス閣下でしょうか。それとも、そのご子息か？」

親し気に話しかけるが、アルフレッドは冴《さ》え冴《ざ》えとした瞳を彼に向けたまま無言だ。ノアは気分を害した風でもなく、幾度《いくど》か頷くと、「ところでレディ」。そう呼びかけた。

「ルクトニアは海港都市。レディも外国語に堪能《たんのう》なんでしょうか？」

アルフレッドは口を引き結んだまま、相変わらず、だんまりだ。戸惑《とまど》ったようにオリビアが視線をせわしなく動かす。ふと、ノアと目が合った。にこり、と微笑《ほほえ》まれる。

「可愛《かわい》い騎士《きし》殿《どの》は、いかがかな？」

「帰ろう、オリバー」

オリビアが何か言う前に、アルフレッドは短く告げる。その声には有無《うむ》を言わせぬ強さがあった。オリビアが逡巡《しゅんじゅん》しつつも、うなずくのを見るや否《いな》や、アルフレッドはかつり、と硬質《こうしつ》な音を立てて歩き出す。オリビアもそれに倣《なら》い、小走りに歩き出した。「良い夜を」。ノアの声が背後から追ってくる。ちらりと振《ふ》り返ったが、彼の姿はもう見えなかった。

「……待って、アル」

路地を曲がったところで、オリビアは先を歩くアルフレッドの手首を摑《つか》む。

「あいつ、変だ」

足を止めたアルフレッドは、手首を摑まれたまま振り返り、口早にそう言った。湖氷色《こひょういろ》の瞳に、警戒の色が滲《にじ》んでいる。

「……確かに。言葉の端々《はしばし》にこう……。なんかあるよね。普通《ふつう》の奇術師《きじゅつし》じゃないっていうか」

戸惑ったオリビアはそう言うが、「普通の奇術師ってなんだよ」と即座《そくざ》に言い返された。

「じゃあ、アルは具体的にどう思うわけよ」

むっとした顔でオリビアは言い放つ。途端《とたん》にアルフレッドが鋭《するど》い視線を向けてきた。

「こっちを探《さぐ》っているような感じじゃなかったか？」

「こっち……。うーん……」

首を傾《かし》げて思い返してみる。「こっち」というより、ユリウスに対して何か思うところがある、というように思えた。

「まぁ……。そう、かな」

ぼそり、とオリビアが呟《つぶや》くと、「だろ⁉」とアルフレッドが勢い込む。

「おまけにあいつ、絶対おれとお前の性別のこと、気付いてるって！」

オリビアは「えぇぇ？」と懐疑《かいぎ》の声を漏らした。それはどうだろう。

「だって、お前を女として扱《あつか》ってたじゃん」

アルフレッドにそう指摘《してき》され、「ああ」と声を上げる。そうだ。ノアが自分に示したあの「優《やさ》しさ」は、「女性」に対するものだったのだ、と気づいた。

そして同時に、ノアがアルフレッドに向けたのは、明らかに「高位の人間」への対応だった。

自分達は「アリー」であり、「オリバー」だと名乗った。オリビアに関しては「騎士《きし》だ」と地位を明確にしたが、アリーについては何も言っていない。服装や髪形《かみがた》だけで判断するのであれば、本来平民か商人で通るはずだ。あるいは、アルフレッドの装身具を見て「高貴な身分」かもしれない、と気づいたとしても、最上級の礼儀《れいぎ》でもって接するだろうか、とは確かに思う。

「あいつ、おれ達に近づいたのは偶然《ぐうぜん》だと思うか？」

「……どういうことよ」

アルフレッドの低い声に、オリビアは目を見開いた。偶然以外に何がある、というのだ。

「なんか、気になるんだよな……」

湖氷色の瞳《ひとみ》を大通りの方に向け、アルフレッドは呟いた。そこにはもう、ノアの姿はない。

オリビアはその端整《たんせい》な横顔を眺めながら、自分自身が感じたノアに対する警戒心《けいかいしん》について思い起こしてみる。何がひっかかり、何が危険だと思ったのか。それが重要だ。そこを掘《ほ》り下げ、明確にした結果、『危機』がアルフレッドに及《およ》ぶようなら、その手前でなんとしても自分が守らなければならない。

そう決意した矢先、アルフレッドの双眸が自分に向けられた。

「……なに」

ノアに感じた『危機意識』とはまた別の『嫌《いや》な予感』に、オリビアの頰《ほお》がひきつる。

「明日、もう一度『夜の街《ここ》』に来よう。あいつらを調べるぞ」

案の定、そんなことを言い出す。

「はああああああ!?」

オリビアは抵抗《ていこう》の声を上げ、「いやだ」、「このところ来すぎ」、「絶対来ないからね」と言いつつのったものの。

彼の決断が覆《くつがえ》ることはなかった。

第二章　中庭の二人

次の日。オリビアは領主館の廊下《ろうか》を小走りに歩いていた。

──アル、どこにいるのかな……。

執務室《しつむ》を覗《のぞ》いたが、姿は見えなかった。

今日、彼の外出の予定はない。だから、オリビアは隊長から非番を命じられ、本来は休養日なのだが。

『明日、もう一度「夜の街《ここ》」に来よう。あいつらを調べるぞ』

耳に残るのは、昨晩聞いた、アルフレッドの言葉だ。

──でもやっぱり、危ないと思うんだよねぇ。

オリビアはため息を吐《つ》く。アルフレッドが『夜の街《ナイト》』の治安を重要視しているのは知っている。『魔術師《まじゅつし》と猟犬《りょうけん》』が、なんだか胡散臭《うさんくさ》い、ということも。

だが、アルフレッドが執拗《しつよう》に『魔術師と猟犬』にこだわるのは。

手柄《てがら》を、立てたいからではないのか。

オリビアはそう思っている。

アルフレッドを紹介《しょうかい》する場合、常について回る肩書《かたが》きがあった。

それは、『前王ユリウス様のご子息』。

さぞかしユリウスのように素晴《すば》らしく、美しく、気高い人物なのだろう。アルフレッドに会う人物はすべからくそう思うようだ。その偏見《へんけん》に、一番苦しんでいるのはアルフレッド本人だ。

父であるユリウスの名誉《めいよ》を傷つけぬように。そして、自分を見る他人を落胆《らくたん》させぬように。

いつも気を張り、目を配り、誰《だれ》かが作る『理想のユリウスの息子《むすこ》』を演じるアルフレッド。

その彼が、「このままの自分を認めて欲しい」と望むのは当然のことのように感じられた。

幼馴染《おさななじ》みだからこそ。いつも側《そば》で見守っていた立場だからこそ、理解できる何かが自分にはある、とオリビアは自負している。

『魔術師と猟犬』についていち早く危機を察知し、行動に移すことで、「自分自身の価値を示したい」という彼の心情は、誰よりも理解できているつもりだ。

――しばらく『夜の街《ナイト》』に行くのはやめよう、って伝えよう。

オリビアは固く決意し、今日、ここに来ていた。

『夜の街《ナイト》』で酔《よ》っぱらい同士のけんかを仲裁《ちゅうさい》したり、街娼《がいしょう》達のおしゃべりにつきあったり、子ども達に文字を教えるぐらいならオリビアも、アルフレッドを護衛できる。その自信はある。

だが、それ以上のこととなると、話は別だ。

アルフレッドの気負いも理解できるが、そもそも、彼に何かあったらどうするのだ。

——危ないから、やめよう、って言おう。

オリビアはふん、と胸を張って決意し、観音扉《とびら》に指をかける。

今日は、外が曇《くも》っているからだろうか。

一枚ものの、透明度《とうめい》が高いガラスは鏡面化し、自分の姿を映していた。

同年代の女の子より随分《ずいぶん》大きな身長と、真っ平らな胸。丈《たけ》の長いジャケットを羽織り、革《かわ》ベルトには剣《けん》を佩《は》いている。乗馬用長靴《ブーツ》に、騎士である証《あか》しの金色の拍車《はくしゃ》。

父親譲《ゆず》りの緑色の瞳で、ざっと着衣を眺《なが》める。乱れはない。頭の後ろで、ひとつに束ねただけの黒髪《くろかみ》は、外気の湿気《しっけ》を吸ってか、少し膨《ふく》らんで見えた。手早く母が紋章《もんしょう》を刺繍《ししゅう》してくれたスカーフで束ねなおす。

「よし」

ガラスに映る自分を見て気合いを入れ、そして、動きを止めた。

父なら、どうしただろう、と思った。

ユリウスが王位にいたときは『ユリウスの死刑執行人《しけいしっこうにん》』と呼ばれ、向かうところ敵なしと言われた父。その名と、長身と、教会騎士を示す紺色《こんいろ》の軍服を見ただけで相手は恐《おそ》れをなした、という父であれば。

ユリウスが「『魔術師と猟犬』を追うぞ」と言えば、「はいはい」と従ったのではないか。

ユリウスが危険なことをしようとしていても、父であれば「仕方ないですねぇ」とぼやきながらも、行動を制することはしなかったのではないか。

自分のように『危ないからやめよう』と、そんな進言は、しなかったのではないか。

父と自分のその差は、ひとえに、剣の技量にある。

――私が……、もっと強ければ……。お父様のように強ければ。

あの父は、自分をアルフレッドの護衛騎士から外す、などと言わなかったのではないか。

オリビアの気づきは、自身の胸に重く鈍《にぶ》い痛みを残した。思わずジャケットごと胃の辺りを摑《つか》んだとき、視界の隅《すみ》をアルフレッドの姿がかすめた。

――やっぱり、庭にいたんだ……。

さっきまで感じていたままならぬ感情を、頭を振《ふ》って追い払《はら》い、観音扉を開く。

途端に彼女を取り囲んだのは、ねっとりとした湿度《しつど》と、喉《のど》の奥に絡《から》むような甘さを孕《はら》んだ花の匂《にお》いだ。ヒースなのだろう。首を捩《ね》じるとやはり、満開だ。淡桃色《たんとうしょく》の小さな花達が群れ成すように咲《さ》き誇《ほこ》っている。

今にも降り出しそうな、そんな天候のせいかもしれない。濃密《のうみつ》な匂いが庭に漂《ただよ》う。

「アル？」

オリビアは名前を呼びかけながら、ヒースに近づく。いつも通り、花影《かえい》にいるのだろうか。

「……アル？」

だが、いない。芝生《しばふ》に足を投げ出すようにして座るアルフレッドの姿はそこにない。

「アルー？」

オリビアは多少声を張り上げ、庭を見回した。姿は確かに見たのだ。どこにいるのだろう。口元を両手で囲い、彼の名を再度呼ぼうとしたのだが。

「どうか、されましたか？」

背後から声をかけられた。振り返ると、観音扉の所に家令が立っている。資料整理の途中《とちゅう》だったのだろうか。小脇《こわき》に紐《ひも》で綴《つづ》られた書類を抱《かか》えていた。

「扉を開けっ放しでございますよ、オリビア嬢《じょう》」

家令は近寄りながら、ちらりとオリビアに視線を送る。オリビアは首を竦《すく》め、「ごめんなさい」と小さく口にした。ユリウスが幼少の頃《ころ》より仕えているというだけあり、初老の域に達した男性ではあるが、背も腰《こし》も曲がる様子がない。顔もつるりとしていて、まだまだ四十代後半のようにさえ見えた。

「アルが、庭にいたような気がして……」

オリビアの言葉に家令は頷き、さくさくと芝を踏《ふ》みながら近づいてくる。この家令とも当然オリビアは顔馴染みだ。アルフレッドが悪戯《いたずら》をしたせいで、何度一緒《いっしょ》に叱《しか》られたことだろう。常日頃《つねひごろ》彼は、「オリビア嬢に剣を教えたのはウィリアム卿《きょう》でございますが、彼女に礼儀《れいぎ》を教えたのはわたくしです」と豪語《ごうご》している。

「殿下《でんか》でございましたら、東屋《あずまや》に」

平淡《へいたん》な声で家令は告げ、白手袋《しろてぶくろ》を嵌《は》めた手で庭の左を示した。オリビアは促《うなが》されるように顔をそちらに向ける。

同時に、強く風が吹《ふ》いた。

ハーブの匂いを濃《こ》くまとった風はオリビアの髪を嬲《なぶ》り、上空へと立ち上る。目を細めてやり過ごすと、改めて左手側に設《しつら》えてある東屋へと目を転じた。

位置的には、迎賓館《げいひんかん》の裏手にあたる。

ガラス張りにされた一階ロビーから、その東屋が来客に見えるようになっていた。

スレート葺《ぶ》きの屋根に、陶器《とうき》製の簡易な卓《たく》。それに、籐《とう》製の椅子《いす》が四脚《きゃく》ほど並ぶそこは、ほぼ『飾《かざ》り』であり、日常的に誰かが使用しているわけではない。あくまで、迎賓館から観《み》て、庭の景観を楽しむためだけにあるものだ。

そこに、アルフレッドと、一人の少女がいた。

二人は、ハナズオウを見上げている。ヒースと同じく、こちらも満開だ。小さな花が枝を覆《おお》い隠《かく》さんばかりに密集して咲き誇り、濃紅色《のうこうしょく》の花弁は薄曇《うすぐも》りの世界の中で目にも眩《まぶ》しい。それを二人は、眩しげに眺め、微笑《ほほえ》み合っていた。

――綺麗《きれい》な子……。

言葉もなく、オリビアは見惚《みと》れた。

銀色の髪と淡《あわ》い紫色《むらさきいろ》の瞳《ひとみ》を持ち、鴇色《ときいろ》のドレスを着た少女だ。

長く豊かな髪を綺麗に結《ゆ》い上げているからだろう。抜《ぬ》けるように白いうなじやデコルテに目が引き寄せられる。首元を飾る真珠《しんじゅ》や、髪を飾る珊瑚《さんご》の櫛《くし》は、舶来品《はくらい》でにぎわうルクトニアでも稀《まれ》に見る大きさだ。良家の子女なのだろう。長手袋をはめた手に、美しい扇子《せんす》を持っていた。

誰だろう。

そう思った矢先に、音を立てて風がまた、強く吹く。

ハナズオウの枝が揺《ゆ》れた。花びらが散る。少女は驚《おどろ》いたように睫《まつげ》を伏《ふ》せ、その彼女の髪に、珊瑚と同じ色の花弁が舞《ま》い降りた。

風が止《や》むのを見計らい、彼女の侍女《じじょ》らしき女性が花びらを取ろうと、そっと近づく。だが、アルフレッドはそれを手で制し、少女に声をかけた。

「動かないで」

腰を少し屈《かが》め、背の低い彼女の顔をのぞき込むようにして優《やさ》しくそう言う。オリビアのいるところからもわかるほど、少女の耳朶《みみたぶ》が赤く染まった。こわごわと少女が頷《うなず》くと、アルフレッドは綺麗な笑《え》みを浮《う》かべ、彼女の髪に載《の》ったハナズオウの花びらを一枚ずつ、摘《つ》まんでは落とす。

「ほら、これでもう大丈夫《だいじょうぶ》です」

アルフレッドは笑みを湛《たた》えたまま少女に伝え、少女は澄《す》んだ声で「ありがとうございます」と礼を言う。

そんな二人を見て、オリビアは硬直《こうちょく》した。

きっと、アルフレッドはあんな風にオリビアには、慎重《しんちょう》に触《ふ》れないだろう。

その気づきが、オリビアの動きを止めた。

触れる前に「動かないで」なんて言わないだろう。ばしばしと乱雑に頭を叩《たた》き、「何よ」と睨《にら》むと、「花が載ってた」とケロリと言うに違《ちが》いない。

だが、オリビアではないその少女に、アルフレッドは繊細《せんさい》な手つきで触れ、言葉を選んで話しかけ、オリビアには見せない笑顔を見せている。

オリビアはこの場から逃《に》げ出したい気持ちで、一歩下がる。

がちゃり。足下《あしもと》で鳴ったのは、長靴《ブーツ》につけた拍車だ。視線を落とした拍子《ひょうし》に目に入るのは、茅色《かやいろ》のトラウザーズと栗色《くりいろ》の長靴《ブーツ》。少女のように、鴇色の服でもなければ、ドレス姿でもない自分。

「グレイハウンド侯爵《こうしゃく》のご長女、シンシア様です」

背後から突如《とつじょ》差し込まれる声に、我に返る。「え？」。尋《たず》ね返した声は奇妙《きみょう》に掠《かす》れていて、オリビアは咳払《せきばら》いをした。

「グレイハウンド侯爵？」

家令に尋ね返すと、彼は深く頷いた。

「王都近郊《きんこう》に持領があるそうです。陛下の口利《くちき》きでルクトニア領に入られました」

ない が、陛下のご用命を賜《たまわ》り、ルクトニアに来たのだろうか。そう考えたオリビアの耳に、ため息交じりの家令の声が入り込む。

「何をしに……？」

少女の年はオリビアより少し上だろうか。まだ、なんらかの実権を持っているようには見えないが、陛下のご用命を賜《たまわ》り、ルクトニアに来たのだろうか。そう考えたオリビアの耳に、ため息交じりの家令の声が入り込む。

「殿下の奥方に、ということのようですよ」

オリビアの思考は完全に止まった。再び動き出したのは、家令が今度ははっきりと、ため息を吐いたからだ。

「閣下も奥方様も乗り気ではございませんが、陛下たってのお声かけでございますから……」

無下には断れなかった、ということだろうか。

オリビアは「そう」とだけ返事をする。なんだか呼吸が浅い。ゆっくり息を吸おう。そう思うのに、胸の真ん中にしこりでもあるように肺が膨《ふく》らまない。

途端《とたん》にまた、逃げ出したくなる。自分が明らかに場違いな気がしたのだ。

あの二人が作り出す世界の中に、まるで自分は異分子のようで入り込めない。気づけば泣かないように目に力を入れていた。背中の筋肉を緩《ゆる》めたら涙《なみだ》がこぼれそうだ。

オリビアは、そっと足を後ろに引いた。中庭を出よう。そう思った。理由なんてわからない。ただただ、自分が泣かないために、この場を去りたかった。

「あの」

やっぱり出直します。オリビアは家令にそう言おうとしたが、東屋から朗《ほが》らかに響《ひび》いてくるアルフレッドの声がそれを遮《さえぎ》った。

「オリビア！」

名前を呼ばれ、ぎょっと顔を向ける。アルフレッドが、オリビアを見つめて手を振《ふ》っていた。

盛大に。大きく。ぶんぶん、と。

「なんだ、来ていたのか。来いよ！」

伸《の》びやかなテノールの声に、オリビアは戸惑《とまど》い、そして首を横に振った。

ううん。違うの。今から帰るの。ごめんね。今、忙《いそが》しいでしょ。

言葉は胸に溜《た》まり、喉《のど》を上がった。後は、口から出すだけなのに、全然出てこない。

「そうなさいませ、オリビア嬢」

ぐい、と家令に背を押され、オリビアは「ひあ!?」と素《す》っ頓狂《とんきょう》な声を上げて前によろける。

「いや、あの、今日は」

切れ切れに言葉を発するが、ずんずん家令に背中を押され、オリビアは半ばまろびながら庭の中央まで歩かされる。「いや、ちょっと待って」「何を待つんでございますか」。小声の応酬《おうしゅう》をやり合うが、家令の攻撃《こうげき》は止まない。東屋の方へとオリビアを押し進める。

「紹介《しょうかい》しよう」

近くで声が聞こえ、オリビアは振り返る。アルフレッドの笑顔が目に入った。

湖氷色《こひょういろ》の瞳を細め、ゆるく弧《こ》を描《えが》いた唇《くちびる》で「彼女は」と告げる。

「グレイハウンド侯爵のご息女。シンシア嬢《じょう》だ」

シンシアは、アルフレッドの右腕《みぎうで》を取り、優雅《ゆうが》に微笑んでいた。

ぐっ、と。

胸の真ん中を突《つ》かれたような衝撃《しょうげき》を受けたのは、アルフレッドが腕を差し出していたからだ。

オリビアが歩み寄ってきたように、アルフレッドとシンシアも近づいてきたらしい。

アルフレッドが腕を差し出し、シンシアがその腕を取って。

「初めまして」

シンシアが透明《とうめい》な声でオリビアに言葉をかける。オリビアは慌《あわ》てて右足を引き、膝《ひざ》を折った。

明らかに高位の少女だ。頭を下げた背後で家令も腰《こし》を折っている気配がある。

「どうぞ、お楽に」

くすりと、シンシアの語尾《ごび》が笑みに滲《にじ》む。オリビアは家令と呼吸を合わせて姿勢を戻《もど》した。

「彼女はオリビア・スターラインです。ぼくの護衛騎士《きし》をしてくれています」

アルフレッドがシンシアにオリビアを紹介する。「まぁ」。シンシアの紫色の瞳が見開かれた。

「凜々《りり》しい騎士様だと思っておりました」

「そう、……ですか」

オリビアは曖昧《あいまい》に笑う。褒《ほ》められたのだろうか。「凜々しい」って言われたし。だとしたら、何か礼のようなことを口にすべきだろうか。めまぐるしく言葉を探したとき、にわかに風が吹いた。

シンシアの瞳が探《さぐ》るように自分を見たことに気づく。そして同時に、すっ、とその瞳が興味を失うのも。

紋章《もんしょう》だ、と気づいた。髪《かみ》を束ねたスカーフが揺れ、そこに縫《ぬ》い取られた紋章を見た少女は、オリビアの出自を知ったのだ。高位ではないことを。

明らかに、態度が変化していく。視線が熱を失う。冴《さ》え冴《ざ》えとした目でシンシアはオリビアを眺《なが》めた。無遠慮《ぶえんりょ》に。

「オリビア嬢の父上は、幼い頃《ころ》より殿下《でんか》の剣技《けんぎ》の師匠《ししょう》でございまして」

いきなり、無遠慮に口を挟《はさ》んできたのは家令だった。

居心地《いごこち》悪く首を竦《すく》めていたオリビアは、家令の突然《とつぜん》の声に驚いて振り返る。

「シンシア様もご存じのウィリアム卿《きょう》でございます。ユリウス閣下の覚えめでたく、また、その勇壮《ゆうそう》無比な武勲《ぶくん》はこの国にとどまらず、他国まで響き渡《わた》るほど」

朗々と、だが、感情を一切《いっさい》表さない瞳《ひとみ》で家令はシンシアに向かい合う。

「ユリウス閣下にはウィリアム卿が。アルフレッド殿下には、いずれオリビア嬢が隣《となり》に立ちましょう」

家令は顔をシンシアに向けたまま、目だけを移動させてオリビアを見た。

「その武勇と誉《ほま》れにおいて」

鳶色《とびいろ》の瞳が、オリビアに力を送る。「しっかりなさいませ」と背中を叩かれた気分で、オリビアは背筋を伸ばした。

「ウィリアム卿には本当に父共々世話になっているよ」

アルフレッドが軽《かろ》やかに笑う。「もちろん、オリビアにもね」。続けられた言葉に、シンシアは優《やさ》しく頷《うなず》いた。

「信頼《しんらい》を置いておりますのね」

シンシアの言葉にアルフレッドは再び笑い、オリビアに腕を伸ばした。

「家令の言う通り、いつも隣にいますからね」

アルフレッドはオリビアの頭を撫《な》でる。わしわしと。無造作に。そして、力強く。

「もうっ」

無性《むしょう》に涙が出そうになってオリビアはその手を振り払《はら》う。

さっき、アルフレッドがシンシアの髪に触《ふ》れていた光景が脳裏《のうり》に焼き付いていた。

まるでガラス細工に触れるように。慎重《しんちょう》に、大切に、丁寧《ていねい》に。そんな指使いだったのに。

この違いはなんだ。

自分はぞんざいに、そしてぶっきらぼうに触れられている。

「さわらないでよっ」

乱れた前髪《まえがみ》を直す振りをして、オリビアは滲んだ涙を拳《こぶし》で擦《こす》った。

「仲がよろしいんですのね」

シンシアがくすぐったい笑い声を上げる。声まで羽細工のように可憐《かれん》で軽やかだ。惨《みじ》めな気持ちで再びオリビアの視線が地面に向かった。

「オリビア嬢。殿下に何かご相談があったのではありませんか？」

家令が静かに声を発する。伏《ふ》せかけた睫《まつげ》がその音波を弾《はじ》き、「え」とオリビアは顔を上げた。

「なんだ？」

アルフレッドが穏《おだ》やかに微笑《ほほえ》む。言葉を促《うなが》すように少し首を傾《かし》げると、束ねた髪がわずかに揺《ゆ》れ、金砂《きんしゃ》のような残像を周囲に散らした。

「いや……。その」

どうしよう、ここでは言えない。オリビアは目を泳がせる。しばらく『夜の街《ナイト》』に行くのはやめよう。そんなことを口にしたら、家令から大目玉を食らうし、シンシアも驚《おどろ》くことだろう。

「ああ、仕事の話か」

察したのか、アルフレッドは大きく首を縦に振る。ちらりと家令に視線を送ると、心得たように進み出てきた。

「シンシア様。どうぞ、中でお待ちくださいませ」

恭《うやうや》しく頭《こうべ》を垂れると、シンシアは小さく頷いたものの、明らかに不満そうだ。自分が人払《ひとばら》いされることに気づいたのだろう。ちらりと侍女《じじょ》を見るが、侍女も首を縦に振った。

「淑女《しゅくじょ》が、殿方《とのがた》の仕事の話に口を挟むものではございません」

小声で耳打ちされ、シンシアは不平そうに、だが鷹揚《おうよう》にうなずいてみせた。

「すぐにぼくも参ります。当家の誇《ほこ》るお茶をご堪能《たんのう》ください」

アルフレッドも笑顔で声をかけ、家令には茶葉の銘柄《めいがら》を指定した。「かしこまりました」と家令は応じ、シンシアと侍女を連れて観音扉《とびら》の方に歩いて行った。


「やっぱり、お前だよ」

がちゃり、と扉が閉まる甲高《かんだか》い音を遠くで聞いた途端《とたん》、オリビアはそう言われ、アルフレッドに肩《かた》を小突《こづ》かれる。

「何がよ」

訝《いぶか》しげにアルフレッドを見た。瞳に映る彼は、やけにご満悦《まんえつ》だ。

濃灰色《のうかいしょく》のジャケットに、腰には儀礼《ぎれい》用の剣を佩《は》き、曇天《どんてん》でも艶《つや》やかに光る黒の長靴《ブーツ》を履《は》いている。オリビアにはあまり見慣れない、「男」の服装をしたアルフレッドだ。金色の長髪《ちょうはつ》は束ねてゆるく結び、右肩に垂らしている。

「このまま、夜までずっとあのお人形さんの相手かと思うと、もう、息がつまるところだった」

「お人形さん？」

目を瞬《またた》かせるオリビアに、アルフレッドが口を歪ませる。

「さっきのあいつだよ。シンシア。もう、このうえなく、めんどくせぇぇぇぇ」

怨嗟《えんさ》に近い声で、息の続く限り「ぇぇぇぇ」と言い続けるアルフレッドを、呆気《あっけ》に取られたように見ていたオリビアだが、数十秒も「ぇぇぇぇ」と言い続けたアルフレッドに、たまらず噴《ふ》き出した。

「どこまで嫌《いや》がってんのよ」

お腹《なか》を抱《かか》えて笑いながら言う。「だってな」とアルフレッドは眉《まゆ》を寄せる。

「声が小さくて何言ってんのかよくわかんねぇし」

「綺麗《きれい》な声だったけどなぁ」

「ついさっきも、得意です、って言って、ピアノ弾《ひ》くんだけどさ」

「へぇ」

オリビアは目を丸くする。ピアノはアルフレッドも得意だ。ユリウスと連弾《れんだん》をしているところを何度も見る。オリビアとて貴族の端《はし》くれではあるから、ピアノを「弾ける」が、彼の前で弾く気はないし、「得意」と言える自信もない。

「ただなぁ。これは、『得意』って言わねェ、って感じだしよ」

「……アルが辛口《からくち》採点なだけなんじゃゃ……」

「父上も同席されていたが、『アレクシアのダンスを見るようだ』とおっしゃった」

オリビアは再度大笑いをする。つられて、アルフレッドも笑い出した。

「まじ、びびったんだって。おれはちゃんと、『お上手ですね』って褒《ほ》めたんだぜ？　それなのに」

「ユリウス様、本当にそうおっしゃったの？」

オリビアは笑いすぎて苦しげに身をよじる。

ユリウスの侍従団で、アレクシアのダンスの腕《うで》を知らぬ者はいない。

『楽団諸君。わたしの妻は、諸君らの演奏に聞き惚《ほ》れたばかりに、ステップを忘れたようだ』

ユリウスが呆《あき》れてそう言うぐらい、妻のアレクシアはダンスが下手《へた》だ。致命的《ちめいてき》だ、と言い切れるぐらいひどい。外国語だけではなく、馬術や弓術《きゅうじゅつ》にもすぐれ、格技などこの国では見たこともない技《わざ》を使う彼女なのだが。

どうにも、ダンスだけが苦手だ。

本人は隠《かく》しているつもりだが、音楽全般《ぜんぱん》も駄目《だめ》らしい。ようするに、拍子《ひょうし》がとれないのだ。

ユリウスが強引《ごういん》にリードをしてなんとかワルツだけは様になるが、他《ほか》のダンスになると「滑稽《こっけい》」を通り越《こ》して見る者を「驚愕《きょうがく》」せしめる。

しかし、そんな「事実」を知らない人間からすれば。

創造主が創り給《たも》うた中で、最上の笑みを浮《う》かべ、「アレクシアのダンスを見るようだ」と言われれば、褒め言葉に聞こえただろう。愛すべき妻のダンスに譬《たと》えたのだから、賞賛されたのだと勘違いしても仕方がない。

シンシアは顔を上気させて「ありがとうございます」と礼を述べ、同席していたユリウスの侍従《じじゅう》は肩を震《ふる》わせて笑うのを堪《こら》えていたという。

「ユリウス様、そういうところ、お茶目《ちゃめ》だよねぇ」

オリビアが目じりに溜《た》まった涙《なみだ》を指で拭《ぬぐ》いながら言う。「はぁ？」。アルフレッドが顔をしかめた。

「毒舌《どくぜつ》なんだよ」

「そうかなぁ。機知に富んでいる、ってやつでしょ？」

「……お前、おれが父上と同じこと言ったら、どう思う」

「嫌味《いやみ》だなぁ、って思う」

「あからさまに違うじゃねぇか」

むっと膨《ふく》れるアルフレッドに、オリビアはまた笑った。何か言おうとしたのだろう。アルフレッドは眉根を寄せた顔で口を開いたが、オリビアの顔を見て、頬《ほお》を緩《ゆる》める。

「……なに？」

オリビアは目を瞬かせてアルフレッドを見上げた。絶対、何かまた文句を言うと思ったのに。

アルフレッドは言葉を消し、満足そうにオリビアを見ていた。

「べっつにー」

そう言うなり、オリビアの両頬を指でつまみ、軽く横に引っ張る。

「はにふるのよっ」

抗議《こうぎ》するが、むにぃ、と頬をつまれたままでは言葉にもならない。ぶんぶんと首を横に振《ふ》ってアルフレッドの指を引きはがす。

「ちょっとっ」

力いっぱい摑《つか》まれたわけではないので、痛みはないが、ぴりりと頬が温かい。オリビアは顔をさすりながら、アルフレッドを睨《にら》みあげる。

「よく笑うなぁ、と思ってさ」

アルフレッドは腕を組み、オリビアの顔を間近で見た。

「やっぱ、お前だな」

「な、なにが私なのよ」

呼気がかかる距離《きょり》にぎょっとし、背を反らせる。ぶわりとまた、水分を多く含《ふく》んだ風が強く吹《ふ》いた。

「隣《となり》にいて、面白《おもしれ》ぇな、って思うのはお前だよ」

オリビアが背を反らせた分、アルフレッドがさらに距離をつめる。

さくり、とアルフレッドの長靴《ブーツ》が芝生《しばふ》を踏《ふ》んだ。彼の言葉が空気を揺《ゆ》らし、オリビアの睫《まつげ》を揺らす。

その振動《しんどう》に、近さに、伝わりそうな温度に。

一歩、後退する。

がちゃり、と。鈍《にぶ》く拍車《はくしゃ》が鳴った。オリビアは夢から醒《さ》めたように、その音を聞く。

騎士《きし》なのだ、と思い出した。自分はアルフレッドを護衛するために彼の隣にいるのだ、と。

アルフレッドが『面白《おもしろ》いな』と思うのは、自分を気の置けない幼馴染《おさななじ》みだと思っているからだ。それ以上の理由などない。

オリビアは知らずに奥歯を噛《か》みしめる。

一年前までは。いや、ほんの数か月前までは、彼と同じで、オリビアもアルフレッドといると「面白かった」のだと思う。二人で領主館を走り回り、二人で落とし穴を掘《ほ》ったり、いたずらしたり。たとえ叱《しか》られたとしても、最後は互《たが》いに大笑いして「楽しかったなぁ」と言い合っていた。

だけど、とオリビアは胸の前のジャケットを強く握《にぎ》る。

今の自分はどうだろう。隣にいて、アルフレッドを見て。

また危なっかしいことをしている、と気をもみ、彼が褒められれば自分のことのように嬉《うれ》しくなり、彼が笑えば一緒《いっしょ》になって笑う。

だけど。

アルフレッドが綺麗な女の子に優《やさ》しい声をかければ。

美しい仕草でその子に触《ふ》れれば。

胸が痛くて仕方がない。

苦しくて、逃《に》げ出したくなる。さわらないで、と叫《さけ》びたい。

——全然……。

オリビアは目元に力を込める。ぎゅっとジャケットを摑んだ。

——全然、私は面白くなんかないよ。

俯《うつむ》きかけたオリビアだが、「あ」とアルフレッドが声を上げるのを聞いた。

「え?」

つられて顔を上げると、ぴちゃり、と水滴《すいてき》が瞼《まぶた》に落ちる。

空を覆《おお》う灰色だった雲は、いつの間にか黒色に変化し、ぽつりぽつり雨を落とし始める。

「降ってきたな」

頷《うなず》きながら、オリビアは緩く握った拳《こぶし》で目元をこする。雨なのか。涙なのか。わからない水滴を拭い落としたとき、ばさり、と布が空気を孕《はら》む音を聞いた。

「ほら」

突如《とつじょ》引き寄せられ、オリビアはよろけてアルフレッドの胸に額をぶつけた。

「は⁉　え⁉」

慌《あわ》てて顔を上げる。視界に入ったのは、真っ白なシャツだ。オリビアは戸惑《とまど》う。アルフレッドは濃灰色《のうかいしょく》のジャケットを着ていたはずだ。あのジャケットはどこにいったのか。

おまけに、さっきまで感じていた雨が、顔に、肌《はだ》に、触れない。

「急ぐぞ」

すぐ上から声が降る。雨の代わりに、音がオリビアの頬を撫《な》でた。

「……え」

どうやらアルフレッドが上着を脱《ぬ》ぎ、覆いを作ってくれているらしい。

「いいよ！　そこまでだからっ」

オリビアは首を横に振るが、「うるせぇ」と唸《うな》るようにアルフレッドが言い、つい、と視線を逸《そ》らせる。

「お前に触れるのは、雨でも嫌《いや》だ」

ぶっきらぼうに言い放ち、駆け出す。オリビアは慌てて彼の横に並び、足を出した。がちゃり、と拍車が鳴る。

間近で。

アルフレッドの呼気や体温を感じながら、オリビアは、自分の踵《かかと》につけた拍車の音を聞いた。

第三章　守りたいもの、守りぬきたかったもの

「あ」

思わず上げたオリビアの声に、アルフレッドが反応する。

「なに」

アルフレッドの言葉に緊張感《きんちょうかん》が滲《にじ》む。「足音」。オリビアはそう言うと、路地奥を指さした。

かなり小さいが、確かに足音が近づいてくる。

二人は口を閉《と》ざし、互いに壁《かべ》に背をつける。視線だけ路地奥に向けた。

『「魔術師《まじゅつし》と猟犬《りょうけん》」の背後を探《さぐ》るには……。まず、ノアを尾行《びこう》してみるか？』

アルフレッドの提案にオリビアは頷き、二人は『夜の街《ナイト》』で、彼の姿を追っていた。

『「魔術師と猟犬」のノアなら、あっちの路地に向かったわよ』

そんな二人に情報を与《あた》えてくれたのは、エラだ。ローラからも同じ証言を得ているから、ノアを先回りしようと、待ち伏《ぶ》せをしたのだ。

「来た」

アルフレッドが囁《ささや》く。オリビアは顎《あご》を引いた。

路地の最奥《さいおう》だ。

ノアが路地から路地へと足早に向かうのが見える。北から南へ。姿を見たのはわずかではあったが、彼の右目に嵌《は》まった片眼鏡《かためがね》が月光を照り返し、冴《さ》えた光を散らせるのがわかった。

「行こう」

かつり、とアルフレッドのヒールが路地の石畳《いしだたみ》を蹴《け》った。オリビアは佩刀に手をかけ、その背を追う。

「南に向かったな」

視線だけ後ろに向け、アルフレッドが小声で言った。オリビアは無言で首肯《しゅこう》し、視野を広げるように意識する。月の光量は十分だ。視界は悪くない。いける、大丈夫《だいじょうぶ》だ。柄《つか》を握る右手に力をこめた。ぎゅっと馴染《なじ》みがいいのは、掌《てのひら》に汗《あせ》が滲んでいるからだろうか。大丈夫、大丈夫。自分に向かって何度もそう繰《く》り返した。


結局、あの中庭でアルフレッドに『しばらく「夜の街《ナイト》」に行くのはやめよう』とは言えなかった。

雨を避《さ》け、領主館に入り『そういえば、どうした』とアルフレッドに問われたが、『今晩、互いに気を付けようね』と答えてしまった自分に、今更《いまさら》ながらに嫌気《いやけ》がさす。

アルフレッドのように『魔術師と猟犬』の正体を知りたいわけではない。ただただ、彼の隣にいたかったから、『夜の街《ナイト》』に、言われるままに来てしまった。

何しろ、オリビアは思い知らされたからだ。

シンシアの待つ部屋に向かうアルフレッドの背中を見送ったときに、自分が彼の隣《となり》に並べるのは『夜の街《ナイト》』にいるときしかない、ということを。

いずれ、シンシアを妻に迎《むか》え、アルフレッドの隣には彼女が並ぶだろう。体格差もさらに広がる。だとすれば、護衛として隣にいることも、きっと難しくなる。悔《くや》しいが、あのコンラッドがアルフレッドの隣に並ぶだろう。

オリビアがアルフレッドの側にいられるのは、『夜の街《ナイト》』にいるときだけだ。そしてそれは、アルフレッドが『女装をしても違和感《いわかん》がない』時期だけに限られる。

もう、ほんのわずかな時間だ。すぐに、無理がくる。

今しかない。オリビアは思い知らされる。今しか、ないのだ。

切迫感《せっぱくかん》に駆《か》られ、アルフレッドを止めることができなかった。

隣にいたい。

その気持ちだけを抱《かか》えて、いや、その気持ちに、オリビアはしがみついた。

――だから、アルを守る。なんとしても、守る。

オリビアは何度も自分に言い聞かせ、深い息を数度肺に送り込んだ。

守れる。アルを守れる。そう、自分に言い続けた。

「噴水《ふんすい》広場の方だな……」

アルフレッドの声に、妙《みょう》な音が交じるのが聞こえた。

「待って！」

オリビアは前を行くアルフレッドに声をかける。咄嗟《とっさ》に柄から手を離《はな》し、彼の手首を握った。ぎょっとしたようにアルフレッドが振《ふ》り返り、背を反らせる。

今、複数の足音を捉《とら》えた。ぐい、とアルフレッドを後ろに引き、同時に自分が前に躍《おど》り出る。砂の上を滑《すべ》るような足音が近くで聞こえた。

柄をつかむ。同時に、路地脇《わき》から男が飛び出してきた。

「後ろにっ」

オリビアは背中でアルフレッドを押した。アルフレッドが背後でよろけるのを感じる。「通りへ出ろ！」。オリビアはそんな彼に、低い声を飛ばす。

目の前にいるのは三人の男だ。

いずれもオリビアより背が高い。中折れ帽《ぼう》を深く被《かぶ》っていたり、顔を覆《おお》うように布を巻いていたりするせいで誰一人《だれひとり》顔はわからない。はっきりとした年齢《ねんれい》はわからないが、四十代前半ぐらいだろう。肩幅《かたはば》や姿勢からそう察した。

「あっちの？」

中折れ帽の男が、顔に布を巻いた男に尋《たず》ねる。顎をしゃくるようにして、オリビアの背後を示していた。「らしいな」。くぐもった声が、布の向こうから発せられる。

「こりゃまた、随分《ずいぶん》と……」

片目を眼帯で覆った男はそう言って、粘着質《ねんちゃくしつ》な笑《え》みを浮《う》かべた。さっきから不躾《ぶしつけ》な視線を隠《かく》そうともせず、アルフレッドを見ている。狙《ねら》いは自分ではない。アルフレッドらしい。

――アルを、街娼《がいしょう》だと思ってる……？

男達の下卑《げび》た笑みやぞんざいなしぐさに、オリビアはせわしなく視線を走らせ、状況《じょうきょう》を確認《かくにん》しようと言葉を発する。

「街娼が必要なら、大通りに行けよ」

背中にアルフレッドを庇《かば》いながら低くうなる。眼前の男達は、おどけたように目を見開いて互《たが》いに失笑《しっしょう》し合っただけで、何も言わない。

「これは僕の連れだ。他《ほか》をあたってくれ」

オリビアの声は、爆《は》ぜたような笑い声に消された。

「街娼に用はないな」

中折れ帽の男が笑みを深めながら応じる。

オリビアは男達を注視した。狭《せま》い路地が幸いした。三人一度に襲《おそ》ってくることは、この道幅ではないだろう。一人ずつしか攻撃《こうげき》はできないはずだ。

今のこの状況で一番考えたくないのは「挟《はさ》み撃《う》ち」だった。背後から敵がやって来るより先に、人目の多い通りに逃《に》げ出す方が賢明《けんめい》だ。一体、何人いるのか。三人だけなのか。今の状況では判断ができない。なぜ、アルフレッドを狙うのか。その目的も。

「我々がお連れしたいのは、ほれ。貴殿《きでん》が庇う、そのお方だ」

中折れ帽の男が、はっきりとオリビアの背後を指さした。

途端《とたん》に、オリビアはアルフレッドに怒鳴《どな》る。

「通りに出て！　逃げろ！」

その声に弾《はじ》かれるように、アルフレッドが動く。オリビアの視界の隅《すみ》に、身体《からだ》を反転させるアルフレッドの姿が見えた。

オリビアは佩刀の柄を握《にぎ》り込む。剣《けん》を引き抜《ぬ》き、男達に対峙《たいじ》しようとした。アルフレッドが大通りに出るまで時間を稼《かせ》がねば。

そう思った彼女の鼻腔《びこう》を、硝煙《しょうえん》に似た香《かお》りがかすめる。左耳の横を何かがよぎった。反射的に目が追う。直線を描《えが》いて飛ぶのは、小石ほどの球体だ。じりり、と薄暗《うすくら》がりを焦《こ》がす小さな赤い火が見えた。

次の瞬間《しゅんかん》。

周囲が『白光』に呑《の》まれる。

真昼のような。いや、太陽を直視したような光にオリビアは咄嗟に顔を左腕《ひだりうで》で覆い、目を閉じる。背後からはアルフレッドが小さく舌打ちする音が聞こえた。彼の足音が止まる。この異常事態に立ちすくんでいるらしい。だが、オリビアも動けない。身構えたのは、「光」というより、次に続く「熱」を予感したからだ。『火薬』のように、熱を伴《ともな》う光なのではないか。そう予測したが、身体的な痛みは感じない。咄嗟に目を開いた。

――アルを……。

逃がさなくては。次に考えたのはそれだった。焦《あせ》りに似た衝動《しょうどう》に突《つ》き動かされ、振り返ろうとする。だが、ざり、と靴裏《くつうら》が砂を噛《か》む音に、オリビアは動きを止め、目を瞠《みは》る。

白茶けた視界の先に、男が歩み寄ってくるのが見えた。

「下がれっ。近づくなっ」

オリビアは低い声で怒鳴り、警告した。

――なんなの、あれ……。『炎《ほのお》』じゃなかった……。

どっと額から汗があふれる。即座《そくざ》に目を閉じたのがよかったのか。そもそも、自分の背後で光が爆発《ばくはつ》したのがよかったのか。視界はすぐに戻《もど》ってきた。

背後では、依然《いぜん》アルフレッドが動き出さない。位置的にたぶん、彼は間近で光を見た。まだ視覚が正常ではないのだ。

『マグネシウムを燃焼《ねんしょう》させてみせたのですよ。一気に閃光《せんこう》を出すのですが、そのとき、楽士が別の音を鳴らしたもので、爆発と勘違《かんちが》いさせてしまって……』

ふと思い出したのは、昨日聞いたノアの言葉だ。

『魔術師《まじゅつし》と猟犬《りょうけん》』の公演中、強烈《きょうれつ》な閃光を見た観衆が「爆発」と勘違いして逃げ出したのだ、と彼は語った。

――あの、光……。それと同じじゃないの……？

オリビアは先頭に立つ男との間合いを詰《つ》めながら、奥歯を噛みしめた。

――こいつら、『魔術師と猟犬』にかかわりがあるの……？

油断なく視線を走らせ、オリビアは柄《つか》を握り込んだ。いつでも抜ける体勢を取りながら、それでも頭の中では、「だがなぜ、アルを」という疑問がねっとりとこびりつく。しかも、男達は「そのお方」と呼んだ。「そこの街娼」でも、「そこの女」でもない。

「そのお方」だ。

――こいつら、何者……？

「時間がない。早くお連れしよう」

中折れ帽の男が眼帯の男に声をかける。

それが合図になった。

眼帯の男が抜刀《ばっとう》する。オリビアも手首を振って剣を抜く。

振り上げられた男の剣が、真っ直《す》ぐオリビアの額に向かって下りてきた。

オリビアは剣を直ぐに立て、両手で柄を握る。小さく呼気が口から漏《も》れた。左足で地面を蹴《け》って、斜《なな》め前の男に体当たりするようにぶつかる。

甲高《かんだか》い金属音が鳴り響《ひび》き、目の前で二本の刃《やいば》が絡《から》み合うのを見た。

体格的に不利だ、と思った。

鍔《つば》迫り合いをしながら視線を向けると、男の顔はオリビアの額あたりにある。

身長差がある。だが、男は身体の使い方がなっていない。腕だけで剣を操作していて、下半身どころか腹から下がお留守だ。体格的に有利だと思って油断しているのかもしれない。

実際剣越《ご》しに見る男の片目には、余裕《よゆう》がある。上からのしかかるように刃を押し付け、オリビアを後ろに押し倒《たお》すか、そのまま喉《のど》を切ろうとしている。

オリビアは柄を握り直し、一瞬、鍔を上に持ち上げるように力を込める。反射的に男が下に押し込もうと力を込めた。ここが好機だ。オリビアは押されるまま柄を下に引き、飛び退《の》いた。

途端に、男は前のめりに体勢を崩《くず》す。

オリビアはすぐさま、剣を返し、峰《みね》の部分で男の横腹を薙《な》いだ。手首に男の身体を感じると同時に、剣を振《ふ》り切る。男の口から空気が漏れた。刃《は》がついているわけではないが、鉄棒で強打されたようなものだ。肋骨《ろっこつ》あたりにひびが入ったかもしれない。男は剣を取り落とし、汚水《おすい》混じりの地面に突っ伏《ぷ》した。げぇ、と喉を鳴らして口から吐瀉《としゃ》物を漏らし、腹を押さえる男の首を、峰部分で上から強打する。手応《てごた》えがあった。男は低く呻《うめ》いてうつぶせに倒れる。

「おい」

ないようだ。

声をかけるが動かない。うつぶせた背中が細かく上下しているところを見ると、死んではい
表情には出さないが、ほっとする。

まずは、一人だ。

オリビアは柄を握り直し、二人目の男を視《み》た。中折れ帽の男だ。

目が合うと同時に男は剣を引き抜き、突進《とっしん》してくる。

さっきの男と似た戦い方なのだろうか。男は大振《おおぶ》りに斬《き》りつけてきた。

間合いなら見切れる。オリビアは冷静に男との距離《きょり》を測る。男の持つ剣。男の腕。男の足。

歩幅《ほはば》。

そこから予測される、一撃目《いちげきめ》の到達《とうたつ》地点。

オリビアは数歩で間合いを取り、振り下ろされた男の剣を、自分の剣で上から叩《たた》き落とす。

金属同士がかち合う音の後、男の手首が完全に下を向いた。指が柄から離《はな》れるのが見える。オリビアは剣を素早《すばや》く引き戻しながら、男の眉間《みけん》めがけて、剣の峰を叩きつける。掌《てのひら》に鈍《にぶ》い痛みが伝わると同時に、木がしなるような音がして、男が白目を剝《む》きながら地面に頽《くずお》れるのが見えた。しばらく失神して動かないだろう。

次は三人目。

そうオリビアが思ったときだ。向き合おうとしたときだ。

どん、と前から右肩《みぎかた》に何かがぶつかってきた。

咄嗟《とっさ》のことに対処できない。

二人目の男が完全に失神しているかどうか気になっていた。気が散ったといえば、そうだ。

いきなり起き上がってかかってこられたら厄介《やっかい》だ。そう思っていたのも確かだ。

だから、三人目の男がすぐ目の前にいることに気づかなかった。

「……………っ！」

口の端《はし》から、堪《こら》えきれない呻きが漏れる。重い、痛みだった。右肩を強く押されたような妙《みょう》なだるさを伴った痛みだった。

一瞬何が起こったのかわからず、睫《まつげ》が触れそうなほど近くにいる男の覆面《ふくめん》を凝視《ぎょうし》した。

視線だけが絡み、そして、無造作に左肩を押された。

男から身体が離れる刹那《せつな》、とうとうオリビアの口から悲鳴が漏れる。

そのときになって、初めて自分の右肩に短剣《たんけん》が刺《さ》さり、そして引き抜《ぬ》かれたのだ、と知った。

「アル！」

男に突き飛ばされ、崩れそうになる膝裏《ひざうら》に力を入れてオリビアは叫《さけ》んだ。

男がアルフレッドの方に向かう。

ふくらはぎを踏《ふ》ん張らせると、長靴《ブーツ》の踵《かかと》が路地の石畳《いしだたみ》を噛んだ。転倒《てんとう》しかける寸前で、腰《こし》をひねって背後に向き直る。痛い。右肩が痛い。指先が痺《しび》れる。柄を左手に持ち直し、「アル！」と再度悲鳴を上げた。

目の前には、三人目の男の背中があった。

オリビアの肩を刺した短剣を持つ、男の背中が。

その向こうに、アルフレッドの長身が見える。距離はどうだ。オリビアはめまぐるしく考える。アルの視界は戻ったのか。二人の距離はどうだ。短剣は届くのか。あの男の手はアルフレッドに届くのか。自分を刺したあの短剣はアルフレッドを傷つけられるのか。

だめだ、だめだ、だめだ、だめだ。

オリビアは必死に左手に力を込め、剣を振り上げる。遅《おそ》い。間に合わない。届かない。

いやだ、いやだ、いやだ、いやだ。

――アルを傷つけないで！

そう思った矢先。男が大きく身体《からだ》をのけぞらせた。

オリビアは中途半端《ちゅうとはんぱ》に剣を振り上げた体勢のまま、驚《おどろ》いて男を見る。

男は鼻から盛大に鼻血を吹《ふ》き出した。

アルフレッドの荒《あら》い呼吸が聞こえる。殴《なぐ》ったのだ、と気づいた。

今だ、とオリビアは思うのに、身体が動かない。

いや、動くのだが。

どうすればいいのかわからない。

アルフレッドを逃《に》がす方がいいのか、それとも自分がこの男に攻撃《こうげき》を加える方がいいのか。攻撃を加えるなら、方法はなんだ。剣か。それとも。それとも、それとも……。

思考が混乱した原因は、肩の痛みにもあった。

思考に集中できない。しつこく、断続的な鈍い痛みに、喚《わめ》き散らしたい気分だった。

そんな彼女の目の前で、男は覆面の上から片手で鼻を押さえ、片手に持った短剣をアルフレッドに向かって振り上げる。

「逃げて！」

叫んだオリビアの目の前で、アルフレッドが男の間合いに入るのが見えた。

素手《すで》なのだ。アルフレッドはオリビアのように剣を佩《は》いているわけではない。丸腰《まるごし》なのだ。

「アル！」

肩から血が流れ出ているせいだけではなく、身体が冷えた。アルフレッドが不用意に間合いに入ったように見えたからだろう。反射的に男の短剣を持つ手が前に突《つ》きだされた。オリビアの位置からは、一瞬《いっしゅん》男の陰《かげ》にアルフレッドが隠《かく》れる。息を呑《の》んだ。

刺された、と思った。刺されて、頽《くずお》れたのだ、と。体勢を崩したのだ、と。

心臓が縮み上がり、背中から腰にかけての力が抜けそうになる。膝が震《ふる》えてオリビアはよろめくように一歩前に足を出した。

だが、短剣を突き出した男の脚《あし》が、オリビアの目の前で浮《う》いた。

「……え？」

そう呟《つぶや》いたのは、オリビアだったのか、男だったのか。

オリビアの目の前で、男の両足が浮き上がる。

気付けば、空中を前回りしたように、男は背中から地面に仰向《あおむ》けに転がった。

湿気《しっけ》を含《ふく》んだような重い音を立て、どうと地面に倒れ込む。

投げたのだ、とようやく頭が理解した。

ウィリアムが言っていた。アレクシアは不思議な武道を使うのだ、と。武器を使わず、自分の腕や足を使って相手の身体を投げ飛ばし、かつ、関節を攻撃するのだ、と。アレクシアはその技《わざ》で、何度もユリウスの命を救ったという。

アルフレッドは、母であるアレクシアから、その技を教わっている。そのこと自体は知っていた。ただ、見たことはなかった。

――この、技がそうなの……？

アルフレッドの身体を刺そうと突き出された腕《うで》を摑《つか》み、身体を半回転させたのだ。背中に男を乗せ、一気に男の身体を引き上げて、地面に叩きつけたようだ。

何が起こったかわからず、男は仰向けに寝《ね》そべって茫然《ぼうぜん》とアルフレッドを見上げていた。

だが、その顔がすぐに苦悶《くもん》に歪《ゆが》み、呻きはじめる。

投げるために握《にぎ》った男の腕を、アルフレッドが手放していないのだ。

手首を両手で掴み、関節の可動域と逆にひねり上げると、男はあっさりと短剣を離し、逃《のが》れ出ようとするために、寝ころんだまま上半身をよじる。もがこうと男は亀《かめ》のように首を伸ばした。その首を、アルフレッドは上から無造作に踏みつける。

「アル……」

オリビアは左手に掴む剣を放《ほう》り出し、近づく。

アルフレッドが刺されたと思った動揺《どうよう》で、うまく足に力が入らない。左手で右肩を押さえ、よろめき、転倒する。鈍い音が響《ひび》いたかと思うと、喉《のど》を踏みつけられている男が悲鳴を上げた。

「手前《てめ》ぇ……。よくも、オリビアを……っ」

アルフレッドの地声が鼓膜《こまく》を撫《な》でる。「アルっ」。オリビアは踞《うずくま》ったまま名前を呼ぶが、応じる様子がない。

「やめて！　もういい！」

声を張っても、アルフレッドは男から足をどけようとはしなかった。手首をひねり上げたまま、徐々《じょじょ》に男の首を踏む足に、力を込める。めきめきと関節が揺《ゆ》らぐ音と、男の悲鳴が路地に響いた。見る間に男は失神する。

「アルっ」

オリビアは必死で立ち上がった。前のめりにぶつかるようにしてアルフレッドに抱《だ》きつく。

「もうやめて！」

痺れる半身でしがみついた。「アル！」。つま先に力を込め、男から引きはがそうと、何度も石畳を蹴《け》る。

「私は大丈夫《だいじょうぶ》だから！」

ぐいぐいとアルフレッドを押しながら、「大丈夫だから」と何度も繰《く》り返した。

「……オリビア」

不意に名前を呼ばれる。オリビアは顔を上げた。

アルフレッドは夢から醒《さ》めたように目を瞬《また》かせ、それから無造作に摑んでいた男の手を放す。重い音を立てて男の手は地面に落ちたが、起きる素振《そぶ》りはない。

アルフレッドが男の首から足を下ろすと、大きく一度息を吸い込む音がし、むせ返るように咳《せ》き込んだ後、再び失神したようだ。定期的に胸が膨《ふく》らむのを見て、オリビアは安堵《あんど》した。

途端《とたん》に、地面に尻餅《しりもち》をつく。良かった。アルフレッドが人を殺さずにすんだ。そう思った弾《はず》みに、腰から力が抜ける。

「アル。大丈夫？」

オリビアは彼を見上げる。そうだ。次は、アルフレッドが怪我《けが》をしていないかどうかを確かめねば。アルフレッドの姿を確認《かくにん》しようと声をかけた瞬間、視界が真っ暗になった。慌《あわ》てて首を捩《ね》じって視界を確保しようとしたが、身体が動かない。

何が、起こったのか。

こえた。

小恐慌《しょうきょうこう》状態に陥《おちい》る刹那。耳元で、押し殺したような呼気と、泣き出す寸前のような声が聞
「ごめん。おれが悪かった」

そう言われ、オリビアは自分がアルフレッドに抱きしめられているのだと知った。

湿気て汚水《おすい》が流れる路地に跪《ひざまず》き、ワンピースの裾《すそ》を蹴散《けち》らして膝立ちになったアルフレッドが、オリビアを抱きしめ、首元に顔を押し付けて泣くのを堪《こら》えていた。背中に回された腕は、抱きしめるというより、必死でしがみ付いているように思えて。

——泣きたいのはこっちよ。

苦笑いしながらも、オリビアが彼にかけた言葉は、「アルは大丈夫？」だった。

アルフレッドは無言のまま頷《うなず》き、涙《なみだ》を堪えているせいで何度か荒い息を漏《も》らした。オリビアは自由に動く左手を伸ばし、そんな彼の頭を撫でてやる。

「おれだけで、『夜の街《ナイト》』に来ればよかった。お前を先に逃がせばよかった」

アルフレッドはオリビアにしがみ付き、震える声でそう言う。

——昔は、こうやってお互《たが》い、抱きついてたなぁ。

オリビアは場違《ばちが》いにもそんなことを思っていた。

こうやって抱き合うのは随分《ずいぶん》と懐《なつ》かしい。

本当にまだ小さい頃《ころ》は、喜んでは抱き合い、怒《おこ》っては飛びかかって抱きつき、はしゃいではお互い抱きしめあった。

あのときは身長差などほぼなく、体格も腕力《わんりょく》も同じようなものだった。

『先王の息子《むすこ》』『領主の息子』

そんな風に呼ばれて誰《だれ》からも一目置かれたアルフレッドは、幼い頃からじゃれあうように遊べる同い年の男子などおらず、いつもオリビアといることが多かった。

ウィリアムとユリウスの関係性から、オリビアがアルフレッドと対等に話をしていても誰も咎《とが》めず、アルフレッドが本気でケンカしたり意見が言えたりするのは、オリビアだけになっていた。

アルフレッドが十代になってからは、それなりに同じ年頃の貴族の子弟《してい》や、王都の親族達と交流をしていたが、その頃には『猫《ねこ》をかぶったアルフレッド』が出来上がってしまっていた。

その場では、笑ったり、楽しそうな表情を作って見せたりするが、それでもふとした拍子《ひょうし》に冷めた目つきで他人を眺《なが》めているアルフレッドを、オリビアは気の毒だとも思っていた。心を許せない、というより、相手が心を開かないのだ。

『ほら、あれが先王の嫡男《ちゃくなん》だ。見ろ、あのそっくりな容姿を。あの綺麗《きれい》な顔で何を企《たくら》んでいるやら』

そう言う人物がいるのも、オリビアは知っている。

放棄《ほうき》したとはいえ、アルフレッドはれっきとした『前王の息子』なのだ。アルフレッドが王位を狙《ねら》っている。そんな噂《うわさ》はまことしやかに流れている。

――狙われたのも……。そのあたりに原因があるのかな……。


「ごめん。オリビア、ごめん。傷つけてごめん」

そう繰り返すアルフレッドに、オリビアは何度も「大丈夫」と言い聞かせた。

右肩《みぎかた》は痺《しび》れるように痛いが、動かない、というほどではない。痛みは伴《ともな》うが、指も肘《ひじ》も動くところを見ると、腱《けん》も骨も無事なのだろう。

刺《さ》されはしたが、すぐに引き抜《ぬ》かれたことと、オリビアが身をよじったことが良かったのかもしれない。傷は浅い。オリビアはそう判断した。

「大丈夫だよ、アル。私は平気。アルが怪我しなくて良かった」

オリビアは、左手でアルフレッドの頭を撫でながら呟く。自分の声がどこか遠い。オリビアの首に顔を埋《うず》めていたアルフレッドが何度も頷いている。

アルが無事で良かった。本当にそう思う。良かった。アルが無事で。

だが、そのアルフレッドを、自分は守れなかった。

アルフレッドは自分の身を、自分自身で守ったのだ。同時に彼は、自分を守ってもくれた。

その思いが、冷えた石のように身体《からだ》を重くし、動けない。

「帰ろう、アル」

オリビアは抱きつかれたまま、そう告げた。「帰ろう」までは、しっかりとした声が出たのに、「アル」と呼びかけた声はすでに湿気《しっけ》て揺らいでいた。

「お父様のところに私を連れて行って。『こいつは、おれを守れなかった』って、そう言って」

弾《はじ》かれたように、アルフレッドはオリビアから身体を離《はな》す。膝立《ひざだ》ちになったまま、地面に座り込むオリビアを見下ろしていた。

「連れて帰って、アル」

堪えきれず、オリビアは泣いていた。

「お父様のところに、私を帰して」

水晶《すいしょう》のような粒《つぶ》が次々と瞳《ひとみ》から流れ落ち、顎《あご》を伝って膝に落ちる。

「私はアルのことを守れなかった。護衛騎士《きし》として失格。だから、お父様のところに、帰る」

「オリビア……」

アルフレッドは名前だけ呼んで、絶句する。オリビアの瞳を見て、声を失っていた。硬《かた》く、固く、決意したその瞳が訴《うった》えることに戸惑《とまど》っていた。

「ごめんね、アル」

とろり、とオリビアの瞳が左右に振《ふ》れる。「オリビア」。アルフレッドが彼女の肩を強く掴む。背中がたわんだ。意識を失いかけている。

「オリビア、おい！」

慌てたアルフレッドに身体を支えられるが、オリビアの瞳はゆっくりと閉じていく。

「ごめんね、アル」

蕩《とろ》けたような声がオリビアの唇《くちびる》から漏れた。「謝るなっ」。アルフレッドは横抱《よこだ》きにオリビアの身体を持ち上げた。最早《もはや》目を閉じ、ぐったりと腕《うで》の中でされるままになっているオリビアを、アルフレッドは軽く揺する。

「オリビア！」

「お父様に言って。守れなかった、って。こいつは、護衛対象者を守れなかった、って」

それ以降、青白い顔で何も言わなくなったオリビアを抱《かか》え、アルフレッドは『夜の街《ナイト》』を駆《か》けた。

石畳《いしだたみ》の街路を走り、「どうかしたのか」と呼びかける『夜の街《ナイト》』の住人を無視し、息を切らして走った。チュニックの裾を蹴散らし、夜闇《よやみ》を駆けた。

腕の中のオリビアは、目を開かない。翡翠色の澄《す》んだ瞳は閉じられたままだ。いつも「アル」と呼びかける桃色《ももいろ》の唇から言葉が紡《つむ》がれることもない。

大丈夫だ、大丈夫だ、大丈夫だ。

アルフレッドは何度も自分に言い聞かせる。失血で気を失っただけだ。痛みに意識が飛んだだけだ。

街外れに向かいながら。

馬を繋《つな》いでいる場所まで、必死に走りながらアルフレッドは強く自分に言い聞かせた。

オリビアが自分の側《そば》から離れようとしているなんて、絶対に信じない。

「謝るな」「おれが悪かった」「おれの隣にずっといろ」

息が切れるまでアルフレッドはオリビアに言い続けた。吸った空気で肺を満たし、口から吐《は》き出す呼気と一緒《いっしょ》に伝え続けた。

聞いていてくれ、と話しかけた。

荒《あら》い呼吸のせいで喉《のど》の奥がひりつき、鉄錆《てつさ》びた血の味が口内に広がる。だが、アルフレッドは言い続ける。

帰るなんて言うな、ウィリアム卿《きょう》の下《もと》にいる、なんて言うな。おれの側にいろ。

ただ、彼の言葉は外気に触《ふ》れ、淡《あわ》く広がる。霧散《むさん》する。喘《あえ》ぐような呼気がさらに彼の言葉をぼやけさせた。

そのせいで、オリビアの耳に、アルフレッドの言葉が届くことはなかった。

オリビアは結局、アルフレッドがウィリアムに彼女を託《たく》すまで、目を開かなかった。

第四章　自分の居場所

目を覚ましたオリビアが一番に見たのは、穏《おだ》やかに微笑《ほほえ》むウィリアムの顔だった。

「……お父様……」

呟《つぶや》く声は随分と掠《かす》れ、そのせいかオリビアは少し咳《せ》き込む。「大丈夫《だいじょうぶ》かい」。ウィリアムはそんなオリビアの頭を撫《な》でると、立ち上がったようだ。ぎしり、とベッドが軋《きし》み、かすかに揺《ゆ》れる。オリビアは何度か咳払《せきばら》いをし、潤《うる》んだ視界の先でウィリアムが移動するのを見た。

「飲むかい？」

戻《もど》ってきたウィリアムの手には、グラスがある。どうやら水を満たしてくれたらしい。再びベッドが傾《かし》ぎ、それから背中に掌《てのひら》が差し込まれる。オリビアはぼんやりする頭のまま、上半身を起こした。

「……部屋……？」

周囲を見回す。自室のようだ。時間まではわからないが、カーテンが引かれているところを見ると、まだ夜が明けていないのかもしれない。勢いよく動くと目眩《めまい》がする。それ以前に、じくじくと右肩が痛い。

「殿下《でんか》が君をここまで運んでくれたんだ」

ウィリアムは手慣れた様子でベッドヘッドにクッションや枕《まくら》を差し込み、オリビアに凭《もた》れるように促《うなが》した。されるままのオリビアは、半ば倒《たお》れるようにクッションに半身を預け、ウィリアムから手渡《てわた》されたグラスを両手で包んだ。

「なんだか時々、屋敷《やしき》を出て夜遊びしているなぁ、と思っていたけど……。相手は殿下だったのか」

熱っぽい手で包んだグラスを、そっと口に寄せる。透明《とうめい》な液体を口腔《こうこう》内に含《ふく》んだ。若干《じゃっかん》苦みを帯びているところをみると、薬草が混じっているのかもしれない。オリビアは上目遣《うわめづか》いにウィリアムを見、ごくりと薬湯を飲んだ。

舌に苦みは残ったが、それ以上の喉の渇《かわ》きに耐《た》えられず、一気にグラスの液体を飲み干した。空になったグラスをつまみ上げ、ウィリアムがオリビアに尋《たず》ねる。

「『夜の街《ナイト》』で、酔《よ》っ払《ぱら》いに絡《から》まれたんだって?」

「……酔っ払い……」

オリビアは慎重《しんちょう》に言葉を繰《く》り返す。まだうまく巡《めぐ》らない頭を必死に動かし、自分が父親に伝えるべき言葉を探した。

自分達は『魔術師《まじゅつし》と猟犬《りょうけん》』を追っていた。そのせいで襲《おそ》われたのかもしれない。そう言うべきか。その背後には、どうやら王位継承《けいしょう》権が絡んでいるかもしれないと、話すべきか。

「殿下が真っ青になって謝るから驚《おどろ》いたよ。自分をかばって、オリビアに怪我《けが》をさせた、申し訳ない、って。酔漢《すいかん》は、オリビアが撃退《げきたい》してくれた、って言うんだよね」

そんな彼女の目の前でウィリアムは暢気《のんき》に言い、グラスを手で弄《もてあそ》ぶ。アルフレッドの『服装』については何も言っていないということは、彼はちゃんと着替《きが》えたのだろう。

――アル……。『魔術師と猟犬』のことを隠《かく》してるの……？

ぎゅっと下唇を噛《か》んだ。では、今自分が思っていることを言うのは控《ひか》えるべきなのだろうか。

オリビアとしては、洗いざらい父親にぶちまけてしまいたい気分だが、アルフレッドの立場からすれば、難しかったのだろうか。

なにしろ、自分達は身分を偽《いつわ》り、ずっと『夜の街《ナイト》』で好き勝手やってきたのだ。

説明するとしたら、そこから始めなければならない。おまけに狙《ねら》われたのはアルフレッドであり、かつ、そこに王位継承権がかかわっているのではないか、というのは憶測《おくそく》でしかない。オリビアの主観でしかないのだ。明確な証拠《しょうこ》はない。

――どうしよう……。黙《だま》っている方がいいのかな……。

オリビアは翡翠色《ひすいいろ》の瞳をせわしなく揺らす。そんな彼女の鼓膜《こまく》を、ウィリアムののんびりとした声が撫でていった。

「それでまぁ……。こっちも領主館の衛兵を手配してさ。殿下がおっしゃる場所に向かわせたんだけど」

ウィリアムは肩《かた》をすくめて苦笑《くしょう》する。

「倒れている男達はすでにいなくてね。目撃《もくげき》情報もなかったみたいだし……。ま。鋭意《えいい》捜査《そうさ》中、ってところかな」

「捜査中、なのね」

オリビアは身を乗り出し、思わず肩の痛みに声を漏《も》らした。ウィリアムは穏やかに頷き、そっと彼女の右肩を撫でる。「捜査中だ」と繰り返した父親の言葉に、心底安堵《あんど》した。知らずに力を込めていたようだ。肩を撫でられ、それも次第《しだい》に緩《ゆる》んでいく。

追ってくれている。アルフレッドを狙ったやつらを。

自分じゃない誰《だれ》かが。大勢の誰かが。大人達が。アルフレッドを守ってくれる。

その状況《じょうきょう》に、ただ安堵した。

大丈夫だ、と自分に言い聞かせた。きっと、『魔術師と猟犬』の件も、誰かが始末をつけてくれるだろう。背後にあることも、きっと暴《あば》いてくれる。

自分がかかわらずとも、もっと力があり、もっと有能で、もっとアルフレッドの隣《となり》にいるべき人が。

きっとアルフレッドと共に、決着をつけてくれるだろう。

オリビアの口から、知らずに吐息《といき》が漏れた。

その誰かは、自分にはできない判断を明確に下し、そしてアルフレッドを護衛してくれる。

自分の側を離《はな》れ、安全な場所で様々な人に守られているアルフレッドの姿を思い浮《う》かべ、オリビアは放心した。

そっと視線を落とす。自分が今まで必死に摑んでいたもの。

それは今、あっさりと誰かの手の中にある。

「痛い？」

俯《うつむ》いていたからだろう。ウィリアムが顔を寄せる。

「傷は綺麗《きれい》に処置したから、痛いのは一晩で済むと思う。痛み止めが効くまで、もう少しの辛《しん》抱《ぼう》だ」

頭を撫でる父の掌は大きい。節くれ立った指の感触《かんしょく》に、オリビアはそっと口を開いた。

「……騎士《きし》団は、もう作られたの？」

ウィリアムは少しだけ首を右に傾《かたむ》け、オリビアを見つめる。

「コンラッド殿《どの》を中心とした有翼馬《ゆうよくば》騎士団は、再編されたの？」

「明日には、正式に組まれるだろうね。閣下の承認《しょうにん》待ちだから」

ウィリアムは娘《むすめ》の問いに頷いた。「そう」。オリビアは小さく呟き、それから父親の目をじっと見つめた。

「だったら、アルの護衛騎士から、私を外して」

髪《かみ》に触《ふ》れていたウィリアムの指が止まる。オリビアの真意を測るように、ウィリアムが顔を覗《のぞ》き込んできた。その姿が、涙《なみだ》で滲《にじ》む。

「騎士団が組まれたのなら、アルの側に、私がいる必要はない」

口から嗚咽《おえつ》が漏れる。目からは涙が溢《あふ》れた。拭《ぬぐ》おうと右手を動かしたら激痛に呻《うめ》く。

「オリビア、落ち着いて」

ウィリアムの両手がオリビアの頬《ほお》を優《やさ》しく包む。だが、彼女は幼い子のように首を横に振《ふ》り続けた。

「アルを守れなかった。私にはその資格がない」

嗚咽交じりにそう言い、父であり、ユリウスの忠実な家臣であるウィリアムに申し出る。

「護衛騎士から外してください」と。

ウィリアムは、「誰に」とは問わなかった。優しく、ただ、負けたのか、と尋ねる。

「負けたのかい?」

オリビアは頷《うなず》いた。負けた。自分は負けた。賊《ぞく》にも。アルフレッドにも。何もかもに。

「私にはもう無理」

オリビアは左手で顔を覆《おお》って泣いた。高身長とはいえ、それは『女子の中で』という前提がある。男とは違《ちが》う。大人になればもっと違ってくる。手も足も、これ以上伸《の》びることはないだろう。筋肉だってそうだ。太く大きな腱《けん》が張ることはない。頭に浮かんだのは、コンラッドの精悍《せいかん》な姿だった。あんな風にはなれない。

だとすれば、もう、限界なのだ。

ウィリアムがユリウスを守るように、自分もアルフレッドを守れると思っていた。

事実、守ってきた。努力してきた。やれることはすべて試《ため》した。

だが、魔法《まほう》が解けるときが来た。

万能感《ばんのうかん》も過信した実力も。まるで朝霧《あさぎり》のように今、オリビアの指から零《こぼ》れ落ち、消えた。

「身体《からだ》が大きいから、大人だから、男だから。そんな理由で強いわけじゃない」

ウィリアムが静かにそう言う。オリビアは覆った指の間から彼を見た。ウィリアムは少し首を右に傾けて苦笑する。「僕が言っても嘘《うそ》くさい？」。続けられた言葉に、オリビアは無言のまだ。しばらく待って、ウィリアムは静かに口を開いた。

「君に教えた剣術《けんじゅつ》と、実戦は大きく違うんだ」

静かにそう言われ、オリビアはゆっくりと瞬《まばた》きをした。視線の先でウィリアムは微笑《ほほえ》む。

「僕は閣下を守るために、人に言えないことをいろいろやって来たんだけどね」

肩を竦《すく》めるウィリアムは詳《くわ》しくは語らなかったが、『ユリウスの死刑執行人《しけいしっこうにん》』と揶揄《やゆ》されているることを言っているのだろう。ユリウス在位の時代、主《あるじ》のため、信じる未来のため、父であるウィリアムは、今自分に見せている顔とは別の顔を持っていたのかもしれない。

「君が剣で狙うのはどこだい？」

ウィリアムに問われ、オリビアはおずおずと、「頭頂部と、胴体《どうたい》」と答えた。そう、教えられたからだ。ウィリアムは若葉色の目を細めて柔和《にゅうわ》に笑った。

「実戦では違う。狙《ねら》うのは、指か拳《こぶし》だ。あと、関節」

「指？　拳？」

オリビアは目を見開く。予想しない答えだった。だが、ウィリアムは穏《おだ》やかな笑《え》みを崩《くず》さない。

「相手が剣を握《にぎ》れないようにすれば良《い》い。そうすれば、たやすく勝てる」

ウィリアムは笑って言うが、その内容にオリビアは戸惑《とまど》う。それはそうだろう。指を切り落とされれば。ましてや、拳ごと切り落とされれば、剣は握れない。攻撃《こうげき》ができないのだ。

「次の攻撃ができないようにするのに、体格は必要ない。やり方は色々あるんだよ」

ウィリアムはしっかりとした声音《こわね》で告げる。オリビアは細かく瞳《ひとみ》を揺《ゆ》らしながら、躊躇《ためら》いがちに頷いた。心のどこかでは、そんなことを今更《いまさら》聞いてどうするのだ、と冷笑していた。最早《もはや》、そんな策を使う場所はない。

「いいかい、オリビア」

ウィリアムはそんなオリビアの顔を覗き込むように近づく。

「相手の頭を狙おうとしたら不利だ。君が思うように体格差が出てくる。背が高い方が有利だからね。だけど本来、剣術は剣の長さが重要なんだよ」

ウィリアムは目元をやわらげ、娘を見た。

「体格で判断したら確かに『大柄《おおがら》』な人間は有利だろうね。だけど君が扱《あつか》うのは剣だ。そして、相手も剣を持っている。そしたらその剣の長さと間合いが、君の戦う舞台《ぶたい》の広さだ」

緩やかに笑みを湛《たた》えたまま、ウィリアムはオリビアの拳を力強く握った。

「少し長めの剣を用意しよう。重くなると扱いづらいから、細身で……。その分、折れたり、曲がりやすくなるから注意して扱うといい」

ウィリアムの言葉を、オリビアは黙《だま》って聞いていた。うつむき、父親が握る自分の拳を見る。なんだか、皮膜《ひまく》を通して見ているようで現実感がない。父親が言うような剣を用意してもらったところで、自分はそれで、誰を守るのだ。

「それから、実戦は試合じゃない。剣しか使っちゃいけない、という制約はないんだよ」

声が近い。

そろりと視線を上げると、ウィリアムと目が合う。「オリビア」。ウィリアムは静かに娘の名を呼んだ。

「勝つためなら、何をしてもいい。大切なものを守りぬくことができるのなら、容赦《ようしゃ》するな」

オリビアは顎《あご》を引いた。その仕草は「頷いた」のか、それともただ、「動かした」だけなのか。ウィリアムはそこを見極《みきわ》めようとしているようだった。

「……殿下《でんか》の護衛を、外れたいんだね？」

確認するように問われ、オリビアは父親譲《ゆず》りの瞳を真っ直《す》ぐに向けた。

「はい」

明確に返事をし、奥歯を強く噛《か》みしめる。嗚咽が漏《も》れそうだ。

「殿下の隣《となり》から君は離れるんだ。それでいいんだね？」

再度問われ、オリビアは強く拳を握った。顎を張る。そうしないと叫《さけ》び出しそうだ。

だって、コンラッドはそう言ったではないか。

身体が小さすぎる、無理だ。

そして父も、同意していたではないか。

「私が側《そば》にいても、アルを守れない」

震《ふる》える声でオリビアは答えた。もう、涙を見せるつもりはない。これ以上、自分のわがままを通してアルフレッドの身を危険にさらしたくはなかった。

それに、アルフレッドを守れないどころか、足手まといになることは避《さ》けたい。このままではいずれ、彼の足を引っ張る。

「その旨《むね》を、閣下に伝えるよ」

オリビアの拳から手を離《はな》し、ウィリアムは優しく髪を撫《な》でた。

「……まぁ、今はゆっくりお休み」

オリビアはそこでようやく頷いた。いや、弛緩《しかん》したのかもしれない。結果的に、その仕草が「頷いた」ように見えたのかもしれない。

オリビアの意識は、傷から出る熱のせいで、気怠《けだる》い眠《ねむ》りに搦《から》め捕《と》られていった。

🐾

固く握った拳で扉《とびら》を三度ノックする。「どうぞ」と落ち着いた声が返ってきて、オリビアはすぅと息を吸い込んだ。

「失礼いたします」

ドアノブを摑《つか》み、押し開く。

鼻先を掠《かす》めたのは、ラベンダーの香《かお》りだった。アレクシアが好んで身に纏《まと》うその匂《にお》いは、瞬《しゅん》時《じ》にオリビアの脳裏《のうり》に『過去』を呼び覚ます。

それはまだ自分が幼い頃《ころ》の記憶《きおく》だ。アレクシアに抱《だ》きしめられたことや、膝《ひざ》の上で読んでくれた外国の絵本。彼女が好んで作ってくれたアップルパイの甘さ。それらは同時に、アルフレッドの屈託《くったく》がない笑顔の記憶も連れてきたが、オリビアは小さく首を横に振《ふ》って、真っ直ぐに前を向く。いつの間にか、過剰《かじょう》な緊張《きんちょう》は身体から抜《ぬ》けていた。

「今日から護衛騎士《きし》として配属されました。宜《よろ》しくお願いいたします」

オリビアは右足を引き、膝を曲げて頭を下げた。視線を床《ゆか》に向けていると、くすり、と軽い笑い声が頭の上に降ってくる。

「そんなにかしこまらないで、オリビア。なんだか、くすぐったいわ」

耳に心地《ここち》よい声に姿勢を戻《もど》すと、猫脚《ねこあし》の椅子《いす》に座っていたアレクシアが口元を手で隠《かく》して笑っていた。この国では珍《めずら》しく、目鼻立ちのはっきりとした女性だ。彼女の場合、表情をよく動かすから、会話をしているときにこそ、その相貌《そうぼう》が際立《きわだ》つ。

「私こそ。よろしくね」

彼女の黒曜石のような瞳は柔和な色を宿しており、オリビアは安堵《あんど》して「はい」と頷《うなず》く。

古《いにしえ》より、女性の髪《かみ》は、長く、真っ直ぐであることが尊いとされるが、彼女の髪は緩《ゆる》く波を打っている。だが、それがアレクシアの象牙《ぞうげ》色《いろ》の肌《はだ》にとてもよく似合っていた。

アレクシアの背後にいる侍女《じじょ》らしき女性も、オリビアに対して会釈《えしゃく》をしてみせる。こちらも好意的な笑みを浮《う》かべていて、オリビアはほっとした。


『オリビア・スターラインは、アレクシア様付きの護衛騎士に異動』

二日ぶりに出仕した領主館で、オリビアはそう告げられた。

命じたのは、『有翼馬騎士団《ゆうよくば》』隊長に任命されたコンラッドだ。

父の言う通り、本当に騎士団が結成されたのだ、とオリビアは隊長の徽章《きしょう》をつけたコンラッドをぼんやりと見つめた。これで、アルフレッドは安全だ。

そう、自分がいなくても。

オリビアは素直《すなお》に「はい」と返事をし、その足で、アレクシアの自室に向かったのだが。

胸中は複雑だった。

自分で異動を願い出ておきながら、実際にもうアルフレッドの護衛騎士ではないのだ、と思うと、ふさがったはずの右肩《みぎかた》の傷が痛む。おまけに、気の毒そうな、憐《あわ》れむような同僚《どうりょう》の目も、オリビアの心を苛《さいな》んだ。

一方で、安堵しているのも確かだった。

もう『アルを守れないかもしれない』という不安と、『アルの足手まといになりたくない』という焦燥感《しょうそうかん》からは解放される。新たな配属先も、見知らぬ部署ではない。旧知の仲であるアレクシアのところだ。無茶《むちゃ》な扱いはされないだろう。

そう思い至り、領主の妻が使用する部屋に向かいながら、オリビアは自己嫌悪《けんお》に陥《おちい》る。

結局、自分は父親に泣きついて、安全な場所に逃《に》げ込んだだけではないのか、と。

アルフレッドの身に危機が迫《せま》ろうとしている。しかもそれは、どうやら王位継承《けいしょう》に関することだ、と知りながら逃げ出した自分に嫌気《いやけ》がさす。

「ユリウスが貴女《あなた》に命じたのは、私の護衛、なの？」

アレクシアが不思議そうに首を傾《かし》げた。オリビアは目を瞬《またた》かせ、おずおずと頷く。だからこそ、ジャケットにトラウザーズ、それから佩刀《はいとう》をしてやって来たのだ。

「奥様に、護衛騎士を、ですか」

　ふふ、とアレクシアの背後にいる侍女が笑い声を立てた。「まぁ、失礼ね」。アレクシアが侍女を睨《にら》んでみせるが、明らかに冗談《じょうだん》とわかるような口ぶりだった。

「そりゃあ、私も年と共に腕《うで》も落ちるでしょうから」

　アレクシアは笑顔《えがお》でそう言うと、するりと立ち上がった。

　相変わらず、すっきりとした体形の持ち主だ。紫檀色《したんいろ》のドレスが、痩軀《そうく》に良く似合っている。

　オリビアは、彼女が武術を使うところを見たことはないが、ウィリアムは「二度と彼女とは戦いたくない」と顔をしかめていた。

　ユリウス在位時は、その命を何度か救ったこともある、という。それも頷けるほど、彼女の立ち居振る舞い《いふま》には無駄《むだ》がない。アレクシアを指して、『異国の香りを放つ大輪の華《はな》』と称《しょう》することがあるが、確かにこの国の美的基準とは違《ちが》う、凜《りん》とした美しさを持つ女性だ。

「ユリウスからの『愛の贈《おく》り物』だと思って受け取っておきましょう」

　アレクシアは侍女と目を見合わせて笑った。

「そういえば、傷の具合はどう？　オリビア」

　アレクシアは柳眉《りゅうび》を寄せ、オリビアに近づいた。窺《うかが》うように彼女が見やるのは、オリビアの右肩だ。もう傷はふさがったので、綿紗《めんしゃ》を押し当てただけになっている。

「全く問題はありません。ご迷惑《めいわく》をおかけして……」

寝込《ねこ》んだのは一日だけだったが、自分の異動の件で領主夫妻には迷惑をかけたことだろう。慌《あわ》てて頭を下げようとしたら、「違うの。うちの馬鹿息子《ばかむすこ》が」と眦《まなじり》を決してアレクシアは語気を強くした。

「あの、あんぽんたんが、夜遊びなんかに誘《さそ》うからオリビアを怪我《けが》させて……。ごめんね、オリビア。代わりに私が叱《しか》っておいたから」

そう言われて慌てて首を横に振った。

「いえ、私がもっと強ければ良かったんです。そうすれば、アルの手を煩《わずら》わせることもなかったのに」

オリビアは下唇《したくちびる》を噛む。

「お叱りを受けるのは私です。アルを守り切れなかったばかりか、気絶した私を屋敷《やしき》まで運んでくれて……」

アレクシアに対して「申し訳ありません」と頭を下げた後、ぐい、と口端《こうたん》を上げて笑ってみせる。

「ですが、今日からはコンラッド殿《どの》を中心とした護衛騎士達がアルをしっかりと守ってくれるでしょう。ご安心ください」

そう言ったオリビアを、アレクシアはしばらく凝視《ぎょうし》する。黒曜石のような瞳《ひとみ》に見つめられ、心の中で自分に命じる。『笑え』と。背を伸《の》ばせ、顎《あご》を引け。動揺《どうよう》するな、と。

「アルの隣《となり》じゃなくてもいいのね？」

　アレクシアが静かに尋《たず》ねる。

『殿下《でんか》の隣から君は離れるんだ。それでいいんだね？』

　二日前のウィリアムの声が耳に蘇《よみがえ》る。アルフレッドの鼻にかかる笑い声が鼓膜《こまく》を撫でた気がした。なつかしさに心が揺《ゆ》らぎそうになる。オリビアはそんな自分に、堪《こら》えろ、と叱責《しっせき》した。『笑え』と命じる。

「はい。今後、どうぞ宜しくお願いします」

　笑顔を鎧《よろい》のように纏《まと》い、オリビアは応じた。「そう」。アレクシアは頷く。オリビアは強《こわ》ばらせていた肩から力を抜いた。よし、と自分に声をかけた。これでいい、と。

「今日の予定を貴女、聞いてる？」

　アレクシアはオリビアに近づき、小さく首を傾げた。「いえ」。オリビアは戸惑《とまど》って首を横に振る。コンラッドからは異動の件だけ告げられていた。屋敷でも、今朝はウィリアムの方が先に出仕しているから、領主館の動きについては何も伝えられていない。

「今日は小さな舞踏会《ぶとうかい》を開くのよ。本当に、身内だけのね」

　アレクシアが肩を竦《すく》める。嫌《いや》になっちゃう、というその表情にオリビアは噴《ふ》き出した。多分、彼女も踊《おど》る場面があるのだろう。

「領主館で外国からのお客様を今、お迎《むか》えしているから。その方をもてなすための、本当に小規模なものなのよ」

オリビアの笑みを嬉《うれ》しそうに眺《なが》め、アレクシアは続ける。

「出席者も、そのお客様夫妻と、私達と、それから……」

アレクシアは長い指を折りながら名前を告げる。確かに、この規模なら『舞踏会』と言うより、接待と言うべきだろうか。

「そうそう。アルとシンシア嬢《じょう》も来る予定なの」

何気なく出されたその言葉は、オリビアの胸を勢いよく押し、心臓を止めた。「そう、ですか」。なんとか呟《つぶや》いてみせる。そうしないと。声を出さないと。肺に空気が入ってこない。

自分が逃げ出した場所を、直視できない。

「オリビア。貴女も私の側《そば》にいてくれるかしら。それとも、夜も遅《おそ》くなるから無理かしらね」

そっと声をかけられ、オリビアは力強く頷いた。

「もちろん、アレクシア様の護衛騎士として側に控《ひか》えさせていただきます。屋敷には私からその旨《むね》を伝えておきますからご心配には及《およ》びません」

「まぁ、ありがとう」

満面の笑みでアレクシアは言うと、がっしりとオリビアの両手を握《にぎ》った。握手《あくしゅ》なのだろうか、と戸惑いながら彼女を見上げる。女性とはいえ、この国では考えられないほどの高身長だ。確かに彼女につり合うのは、ユリウスかウィリアムぐらいしかいない。

「ところでね、オリビア」

「……はい」

「私がユリウスに伝えていたのは、『新しい侍女《じじょ》を融通《ゆうずう》してください』ってことだったの」

「……は？」

目を丸くしたオリビアに、アレクシアは笑みを深める。

「私の侍女を長く務めてくれていたアンが、今、安定期に入ったの」

言われて、椅子《いす》の側に立つ侍女を見やると、なるほど、お腹《なか》が少し張り出しているように見える。

「そろそろ宿下がりさせてあげたいし、できたら夜の会合や舞踏会なんかも遠慮《えんりょ》させたいのよ。この気持ち、わかる？」

アレクシアが首を傾げてオリビアを見る。オリビアは慌てて首を縦に振《ふ》った。それはそうだ。今からお腹も目立つほど大きくなるのだ。ずっと立っているのも辛《つら》いだろうし、無理をして早産になったら目もあてられない。

「だからね、オリビア」

「はい」

「私が欲しいのは、侍女なの」

アレクシアはオリビアに言う。

「護衛騎士《きし》役は一旦《いったん》保留で、貴女は今日、私の『侍女』として舞踏会に参加して頂戴《ちょうだい》」

「侍女ですか!?」

素《す》っ頓狂《とんきょう》な声が口から漏《も》れる。生まれてからずっと領主館に出入りしていたが、それは護衛騎士として、だ。もちろんオリビアだって貴族の娘《むすめ》なのだから『領主の妻であるアレクシア付きの侍女』でも身分的には問題ない。だが、『問題ない』と『できる』は、両立しない。

「大丈夫《だいじょうぶ》、大丈夫。私の側でドレス着て立ってたら良《い》いんだから」

にこにこ笑ってそう言われるが、オリビアは首を横に振る。がちゃり、と腰《こし》の佩刀が鳴った。

「まず、ドレスを持っていません。普段着《ふだんぎ》程度であれば屋敷にはありますが、舞踏会に出席できるような格が高いものは……」

「大丈夫。私が貴女ぐらいの年に着ていたものがあるから。アン、あれは地味かしら」

アレクシアは振り返って侍女に尋ね、侍女が「装身具でいかようにもなります」と答えている。オリビアは焦《あせ》って、手を引き抜《ぬ》こうとした。いや、どう考えても無理がある。剣《けん》の振るい方や、馬の乗り方なら知っているが、舞踏会での挨拶《あいさつ》や行儀《ぎょうぎ》作法など全く知らない。だいたい、オリビア自身、社交界デビューをしていない。

「アレクシア様、私やっぱり無理……っ」

必死にふりほどこうとするのに、何故《なぜ》だか手が動かない。なんだこれ、と目を剥《む》いてアレクシアの手を見る。ただ、自分の手首を柔《やわ》らかく握っているだけなのに、小指一本動かせない。

「無理じゃないわよ、オリビア」

アレクシアは、ふふ、と笑う。オリビアは本能的に怖気《おぞけ》を感じて彼女から離《はな》れようとするのに、全く手が離れない。

「さぁ、私と一緒《いっしょ》に舞踏会に参りましょう」

オリビアは怯《おび》えながらも頷《うなず》く。

あの父が……。『ユリウスの死刑執行人《しけいしっこうにん》』と言われたルクトニア最強の騎士が、『二度と彼女とは戦いたくない』と言った理由の一端《いったん》を、今、垣間見《かいまみ》た気がした。


「オリビア嬢」

呼びかけられて振り返ると、コンラッドが立っていた。

今、目の前にいる彼は、朝に『異動』を命じたときの服装とは大分違《ちが》う。栗色《くりいろ》の髪《かみ》は綺麗《きれい》に撫でつけられ、軍服のハイカラーはきっちりと上まで留めて、飾緒《しょくしょ》がついている。舞踏会に合わせたのだろう。長靴《ブーツ》も、乗馬用のものではない。

「随分《ずいぶん》と見違えたよ」

微笑《ほほえ》まれ、オリビアは顔をしかめてスカート部分を握る。その手にはめられているのは、乗馬用手袋《てぶくろ》ではない。絹の白手袋だ。

「アレクシア様から、今晩は『侍女』として同行して欲しい、と言われましたので」

できるだけ平淡《へいたん》な声で伝えたが、言い方は随分とぶっきらぼうになってしまった。

「いや、良く似合っていると思うよ」

右足に体重をかけて顎をつまみ、自分を眺めるコンラッドをオリビアは睨《にら》み付けた。

「お世辞は結構です。似合ってないのは自分が一番よくわかっていますから」

今度は完全に吐《は》き捨てるような口調になった。

コンラッドから視線を逸《そ》らすと、改めて自分の姿を見下ろす形になる。

藍色《あいいろ》のドレスだ。ハイウエストで切り返しがついていて、スカートの上にオーガンジーの生《き》地《じ》を縫《ぬ》い付けてある。そのせいでクリノリンを入れなくともふわりとボリュームがあるように見えた。色味自体は落ち着いた色合いだが、胸元《むなもと》には立体感のある刺繍《ししゅう》が施《ほどこ》してあるお陰《かげ》で、『質素』には見えない。むしろ、貴金属をたくさん身につけるよりも『品』があった。

『これは、舞踏会の花になるな』

先ほど、ユリウスが褒《ほ》めてくれたが、穴があったら入りたい、とはこんな気持ちなのか、と恥《は》じ入った。無理に褒めてくれなくて良いのに、と真っ赤になって俯《うつむ》く。

『胸やお尻《しり》がなくっても、このドレスなら上手《うま》く隠《かく》せるなぁ』

暢気《のんき》にウィリアムはそう言い、『私が若い頃《ころ》着ていたモノですが、なにか』と、アレクシアに睨まれていた。

　だが、父親の言う通りで。

　オリビアの頭に浮《う》かぶのは、先日見た、シンシアの姿だ。鴇色《ときいろ》のドレス姿は、同性の自分でも魅入《みい》るほど、美しかった。

　――同じ年頃だとは思えないな……。

　思わずため息を吐きたくなったものの、仕事だと割り切って、アレクシアとこの会場にやって来たのだが、気づけば壁際《かべぎわ》の目立たないところで気配を消している自分がいる。

「なるほど、侍女役か」

　コンラッドは幾度《いくど》か頷き、オリビアを見やる。

「奥様の側に護衛騎士として仕えるなら、そういう役回りも出てくるな。やはり女性がいい」

　真面目《まじめ》な顔でそう言われ、ぐっと奥歯を噛《か》む。適材適所だ、とでも言いたいのだろうか。やはり、アルフレッドの護衛騎士は無理だ、と。

「そちらは、アルの護衛ですか」

　オリビアは、剣の代わりに持たされた扇子《せんす》を握りしめ、低い声をコンラッドにぶつける。

「ああ。まだ、会場入りされてないが」

　コンラッドはぐるり、と室内を見回す。その視線の動きにつられるように、オリビアも首を巡《めぐ》らせた。

領主館の、大広間だ。

舞踏《ぶとう》会にも使用されるし、会食用にテーブルや椅子が並ぶときもある。

今日は無駄《むだ》なものはすべて撤去《てっきょ》され、天井《てんじょう》には豪勢《ごうせい》なシャンデリアが吊《つ》られていた。南側の壁には楽団が並んでおり、北側には、領主夫妻と賓客《ひんかく》の席が設《しつら》えられている。優美な椅子に腰をかけて、ユリウスとアレクシアが、外国人らしい夫婦《ふうふ》と笑顔《えがお》で会話をしているのが見えた。

執事《しつじ》はすべて動員されているのだろう。銀盆《ぎんぼん》を持った黒服の男達が、参加者の間を縫うように移動している。小規模、と言いつつ、それでも結構な人数だ。

「奥様の側《そば》にいなくていいのか？」

ふと、コンラッドが声をかけてくる。オリビアは小さく頷いた。

「会場内にいてくれたら、それでいい、と」

本来は側近くで控《ひか》えるのだろうが、そもそも『侍女』として役に立つとは思えない。「用があれば手招きするわね」というアレクシアの言葉に甘え、彼女の姿が見える位置で待機することにした。

「コンラッド殿《どの》こそ、アルの側にいなくていいんですか」

じろり、と睨み上げる。自分がアルの護衛騎士だった頃は、いつもその隣《となり》にいたのに。

「別の騎士がついている。俺は、会場警備全般《ぜんぱん》を」

嫌《いや》み混じりに言ったのだが、予想外の言葉が返ってきてオリビアは目を瞬《またた》かせた。

「随分、厳重なんですね」

アレクシアからは、「身内だけの小さな舞踏会」と言われていた。まさか、会場警備の役を担《にな》う騎士がいるとは。

「閣下にはウィリアム卿《きょう》がいらっしゃるから問題ないだろうが……。殿下《でんか》には我々しかいないからな。万全《ばんぜん》の態勢でお守りしたい」

ちらり、とコンラッドが北側に視線を走らせる。談笑《だんしょう》する来賓と領主夫妻の背後には、教会騎士の証《あか》しである紺色《こんいろ》の軍服を着たウィリアムの長身が見えた。他《ほか》に護衛の騎士がいないというのに、のほほん、とした顔つきで立っている。

「俺は王都から来たんだが」

あの父が本当に『ユリウスの死刑執行人』などという恐《おそ》ろしい二つ名を持つ男なんだろうか。誰《だれ》かと間違われているんじゃないだろうか、と眉根《まゆね》を寄せていたら、コンラッドが話しかけてきた。オリビアは頷く。

「シャムロック騎士団は、王都に常駐《じょうちゅう》されてますもんね」

オリビアの言葉に、コンラッドは「よく知っているな」とおどけたように片眼《かため》だけ見開いた。

「ルクトニアの噂《うわさ》は王都にも届いていた。前王が領主に封《ほう》じられて以来、目覚ましい発展を遂《と》げている、と。さすが閣下だと皆《みな》がその治世に感心していた。それに殿下のこともね」

「アルのことも？」

オリビアは目を瞬かせる。コンラッドはゆっくりと口端《こうたん》を弓なりに上げた。

「品行方正、頭脳明晰《めいせき》、容姿は閣下譲《ゆず》りで見目麗《みめうるわ》しく、心根は天使のようだ、と」

聞いた途端《とたん》、オリビアは顔をしかめる。あれだ。猫《ねこ》かぶりなアルフレッドの方の評判だ。うんざりしかけたオリビアだが、ふとコンラッドの視線を感じて顔を引き締《し》める。

なぜだか、コンラッドが探《さぐ》るような眼をしていたからだ。

――なんだろう……？

思わず見返したが、彼はすい、と視線を泳がせて「それに引きかえ」と大げさにため息を吐いてみせた。

「今の王子達は、すこぶる評判が悪い。彼らが次期国王になることに不安を覚える家臣や貴族がいることは確かだ」

コンラッドは腕《うで》を組む。筋肉質で太い腕に、軍服ははち切れそうだ。

「そう、なんですね」

オリビアは相槌《あいづち》を打つ。その噂なら聞いたことがあった。

現国王は、ユリウスの従兄弟《いとこ》に当たるエドワードだ。

彼自身は、ユリウスの施策《しさく》を忠実に実行し、福祉《ふくし》や外交に力を入れている。家臣団はユリウスから引き継《つ》いだ貴族達が多いが、エドワードにも敬意を示し、忠誠を誓《ちか》っている。また、エドワード王は辺境領主達とも友好的な関係を築いていた。ユリウスは「発想」や「行動力」、「見た目の華《はな》」はあるのだが、こと「協調性」、「外交力」を問われると、非常に弱い部分を持っている王だった。エドワードは逆に、「先駆性《せんくせい》」や「独創性」には乏《とぼ》しいが、社交的で陽性な性格を持っている。そのため、国民や重臣達には好意的に迎《むか》えられた王でもあった。

だが、その子達、となると事情が違う。

オリビアも、幼い頃に一度しか会ったことはなかったが、随分と陰湿《いんしつ》な王子達だった印象がある。小さい頃はアルフレッドも、些細《ささい》なことでいじめられていたと記憶《きおく》していた。

「次期国王に不安を覚える貴族や有力商人達が、『アルフレッド殿下を次期国王として迎えてはどうだろう』と陛下に進言なさったらしい」

「進言⁉　陛下にですか！」

調子っぱずれな声が出て、オリビアは慌《あわ》てて左手で口を覆《おお》う。『噂している』、ではなく、すでに『進言』したとは。

「ですが、ユリウス様も、アルも。王位継承《けいしょう》権を放棄《ほうき》しているでしょう？」

周囲を見回し、オリビアは小声でコンラッドに言う。誰も気にしている様子はないが、それでも用心した方が良《い》い。

「そんなもの、どうとでもなるさ」

コンラッドもオリビアに顔を近づけ、口をへの字に曲げてみせる。

「陛下は『彼らに王位継承権はない』と明言なさり、そしてその場で王子達を呼ばれて、苦言を呈《てい》されたらしい。次期国王としてふさわしい振《ふ》る舞《ま》いをしろ、と」

「……まさか、進言した貴族や有力商人達の前で……？」

おそるおそる尋《たず》ねると、コンラッドは無言で肩《かた》を竦《すく》める。そうだ、ということなのだろう。

「で。その後、王子達は少なくとも『次期国王らしい』振る舞いや言動をなさっているのだが……」

「何かありましたか？」

「進言をした貴族の一人が、殺された」

オリビアは硬直《こうちょく》する。王子達の仕業《しわざ》だろうか。そう問いたいが、コンラッドに目で制された。

「もし俺が『王子の立場』だったら、だが」

腕を組んだまま、ふう、と重い息を吐《は》く。

「『次期国王』として、誰もが認める存在であるよう、当然、研鑽《けんさん》を積む。だが、一方で、ふと予防策を張ろうと思うかもしれない」

彼は、榛色《はしばみいろ》の瞳《ひとみ》をオリビアに向けた。

「放棄したとはいえ、王位継承権を持つやつらがいるから、ややこしくなるんだ。そんなやつらはみんな、消してしまえば良い。そうすれば」

厚い唇《くちびる》を弓なりにかたどる。

「次期国王候補は、自分達しかいなくなる。もめごとは、起こらない」

コンラッドの言葉が、冷気を帯びて首筋にまとわりついた気がした。

「アルやユリウス様の存在を、消す、ってことですか……」

思わず語尾《ごび》が震《ふる》える。コンラッドは頷《うなず》かない。だが、首を横に振ることもなかった。

――あの、『夜の街《ナイト》』……。

オリビアは扇子を握《にぎ》りしめる。あの、男達。自分には目もくれず、アルフレッドだけを見ていた。

『そのお方』。女装していたにもかかわらず、彼らはアルフレッドを、そう呼んだ。

王位継承にまつわることで、ユリウスやアルフレッドの命を奪《うば》おうとしている。

そんな輩《やから》がいる、ということだろう。オリビアは震えそうになる肩に力を込め、コンラッドを見上げる。

「……アル達の命を狙《ねら》う者に、心当たりはあるんですか？　誰に依頼《いらい》するか、とか」

『魔術師《まじゅつし》と猟犬《りょうけん》』のことが頭から離《はな》れない。ウィリアムは、『衛兵が追っている』と言っていた。だから、自分が口を差し挟《はさ》むことは控《ひか》えようと自重していた。自分はもう、アルフレッドの護衛から外れたのだ、そう思っていた。

だが、もし、コンラッド達が『魔術師と猟犬』の存在に気づいていないとすれば……。

アルフレッドが危険だ。

その思いは焦《あせ》りを生み、オリビアの背中を冷やした。言うべきだろうか。『魔術師と猟犬』のことを。いや、そもそも、アルフレッドは『魔術師と猟犬』のことをすでに報告しているのだろうか。わからない。コンラッドだけが知らされていない、という場合もあり得る。

「……どうなんです」

オリビアの言葉を受けてもなお、コンラッドは無言を貫《つらぬ》こうとしたが、彼女が視線を外さなかったからだろう。諦《あきら》めたように眉《まゆ》を下げた。

「心当たりがあるか、と言われたら、ある」

「誰です」

勢い込んで、オリビアは尋ねる。思わずつま先立ちになってコンラッドの顔を覗《のぞ》き込んだほどだ。

「亡《な》くなった貴族の死因なんだが……。これが、さっぱりわからないんだ」

コンラッドはそんな彼女に躊躇《ためら》いながら、首を横に振った。

「……どういうことですか？」

オリビアは眉根を寄せて声を潜《ひそ》めた。

「溺死《できし》でも、絞殺《こうさつ》でも、刺殺《しさつ》でもない。でも、死んだ」

「ご病気だったんじゃ？」

だったら、それしか考えられない。だが、コンラッドはうなりながら、首の後ろを掻《か》いた。

「至って健康さ。しかも陛下に進言するほど剛胆《ごうたん》だ。それが、衆人の前で死んだ」

「……毒？」

オリビアが首をひねり、ううむ、とコンラッドが呻《うめ》く。

「正直、そうなんだろう、と言われているが、どの毒殺の症状《しょうじょう》も出てこない。教会の検死係も頭を悩《なや》ませているところでね。腕のほら、ここに虫刺《むしさ》されのような跡《あと》があっただけで……」

コンラッドは腕をほどき、軍服の上から肘《ひじ》の内側を指してみせる。

「教会が異端《いたん》と認めた技《わざ》を使うやつらの仕業じゃないか、とシャムロックでは噂になっていた」

再び首の後ろを掻きながら、コンラッドはうなる。

彼が所属していたシャムロック騎士団は、教会所属の騎士団だ。異端の集会が開かれたと聞けば、現場に突入《とつにゅう》することもある。そのつてで、情報が流れてくるのだろう。

「異端の技って……。じゃあ、呪《のろ》いとかで死んだんですか？」

胡散臭《うさんくさ》そうにオリビアが言う。コンラッドは苦笑《くしょう》して、そんな彼女の額を指で弾《はじ》いた。

「何も、『呪術《じゅじゅつ》』だけが異端じゃない。いろいろあるんだよ、お嬢《じょう》ちゃん」

子ども扱《あつか》いされたようで、オリビアは気分が悪い。むっ、と睨《にら》み付けたときだ。

――異端の……、技……。

召喚《しょうかん》したような炎《ほのお》。オリビアはノアが見せた『奇術《きじゅつ》』を思い出す。

──まるで魔術《まじゅつ》のようだったけど……。

あれが、異端の技なのだろうか。ふと、オリビアはコンラッドを見た。尋ねてみよう。そう思い、口を開いたのだが。

「今まで、ずっと、殿下《でんか》の側《そば》にいたんだろ？」

腰《こし》を曲げ、ぐいと顔を近づけられた。オリビアはその近さに怯《ひる》みつつ、「まぁ」と頷く。

「寂《さび》しくないのか？」

呼気が触《ふ》れる距離《きょり》で問われる。

どきり、と心が揺《ゆ》れた。ちくり、と右肩が痛んだ。傷はふさがり、可動域に支障はないのに。

寂しくないか、と問われたら心の動揺《どうよう》が痛みを呼んだ。

いつも側にいた。本当にいつも、側にいたのだ。

「……人が大分増えてきたな」

いつまでもオリビアが無言だったせいだろう。コンラッドは腰を伸《の》ばし、話を変えた。

オリビアは安堵《あんど》しつつ、「はい」と頷く。コンラッドから視線をそらしたくて、会場に目を向けた。

つい数分前とは違《ちが》い、室内には参加者が増えてきた。さっきまで目立っていた執事《しつじ》の姿が気にならないほどになっている。

横目で眺《なが》めたコンラッドは、険しい表情で会場全体を俯瞰《ふかん》しているようだ。

――この様子だと、『魔術師と猟犬』のことは、あとで話したほうがいいのかな……。

今は、警備の任務に専念したいだろう。オリビアが躊躇いがちにそう思ったとき、にわかに背後が騒《さわ》がしくなる。オリビアはコンラッドを見やった。コンラッドは会場の出入り口を一瞥《いちべつ》し、表情を引き締《し》める。

「どうやら、殿下が到着《とうちゃく》されたようだ」

言われて、オリビアはおそるおそる振り返った。

オリビアの位置からは人が多すぎて見えない。ただ、皆《みな》が自分達に背を向け、扉に相対しているのはわかった。一様に服装を正し、姿勢を伸ばす。

不意に誰《だれ》かが大声を張った。多分、到着者の名を呼んだのだ。

音楽が止《や》む。楽士達が立ち上がり、弦楽器《げんがっき》を下ろして目を伏《ふ》せた。

――アルだ……。

オリビアは知らずにスカート地の上から重ねたオーガンジーを握りしめる。

力強く、心臓が押されたように血流を押し出した。

アルフレッドが、やって来たのだ。

扉付近にいた参加者達が身を引いたせいで、アルフレッドの姿がオリビアの立つ位置からも見える。

途端《とたん》に室内の参加者が、一斉《いっせい》に頭《こうべ》を垂れた。

女性は右足を引いて腰を落とし、男性は握った右手を左胸に当てて目線を下げる。

その先にアルフレッドが立っていた。

今日は紺色《こんいろ》のジャケットに白いベストを着ている。それに合わせ、佩刀《はいとう》しているのは儀礼《ぎれい》用のものだ。よく見れば、いつもは嫌《いや》がるタイまで着けている。オリビアは目を見開いた。綺麗《きれい》な水色のタイだ。珍《めずら》しい。

そしてその理由にすぐ、行き着いた。

右隣《みぎどなり》に、シンシアがいたのだ。

アルフレッドの右腕《みぎうで》を取り、慎《つつ》ましく立っている。アルフレッドが何か話しかけているのだろう。静かな笑《え》みを口の端《はし》に滲《にじ》ませ、ゆったりと頷いているのが見えた。

――ああ、シンシア嬢と……。

シンシアのドレスは水色だ。アルフレッドのタイはそれに合わせているようだ。今日は舞踏《ぶとう》会だ。二人はここで、踊《おど》るのだろう。だから苦手なタイを締め、いつもとは違う服装で、シンシアをエスコートしてやって来たのだ。

ずきり、と右肩《みぎかた》が痛んだ。動かしたわけでも、傷が開いたわけでもないのに、鈍《にぶ》く重い感覚が急激に広がった。

「彼女が婚約者《こんやく》？」

コンラッドの声にオリビアは首をねじって彼を見た。「え？」。小さく問うと、コンラッドは斜《なな》めに彼女を見下ろした。

「まだ人間関係がよくわからないんだ。あの侯爵《こうしゃく》令嬢は、殿下の正式な婚約者になり得るのか？」

問われたところでオリビアにも知りようがない。忙《せわ》しなく瞳《ひとみ》を揺らしていると、「許嫁《いいなずけ》、ってわけではないのか」と呟《つぶや》かれた。

「オリビア嬢はそれでいいのか？」

次いで、そんな言葉を投げつけられた。

「あの侯爵令嬢とやらが殿下の隣にいて、あんた、それでいいのか？」

コンラッドの言葉が耳に入り、鼓膜《こまく》を震《ふる》わせた瞬間《しゅんかん》、心の中で怒《いか》りが沸《わ》き立った。

「アルの隣を奪《うば》ったのは、貴殿ではないですか」

思わずきつい声を飛ばすと、コンラッドが噴《ふ》き出す。

「俺は奪ったんじゃない」

コンラッドは長い人差し指で、オリビアの鼻をさした。

「あんたが、譲《ゆず》ったんだ」

放たれた言葉は、明確な質量と重さを持って、オリビアの心を砕《くだ》く。思わず、ぐらりと視界が歪《ゆが》むほどの目眩《めまい》を感じたが、榛色《はしばみいろ》の瞳は自分から離《はな》れない。真っ直《す》ぐ見つめたまま、追撃《ついげき》してくる。

「護衛から外れて、殿下の隣もあの女に居座られて」

コンラッドの口端《こうたん》が薄《うす》く上がる。オリビアは目が離せない。見たくもない。聞きたくもないのに、彼の声が耳から流れ込んでくる。

「あんたの居場所、どんどんなくなるぜ。どうする？」

オリビアの言葉を待っているようだが、オリビアはわずかに唇《くちびる》を開いただけで、言葉を発せられない。心が噴《ふ》き上げる感情が喉《のど》を塞《ふさ》ぎ、声が出ない。その感情が、怒りなのか、憎《にく》しみなのか。それとも、痛烈《つうれつ》な悲しみなのか。自分では判断ができなかった。

「ま。俺はどうでもいいけどね」

コンラッドは途端に興味をなくした様子で呟くと、すい、と背筋を伸ばす。引き締めた目元に、オリビアは、ぎこちなく彼の視線を追った。

アルフレッドがシンシアを連れてこちらに歩いてきているようだ。二人が通り過ぎるたびに、参加者達が今一度深く頭を下げる。アルフレッドは丁寧《ていねい》に返礼をし、いつものあの猫《ねこ》かぶりの表情でオリビアの側に近づいてきた。

「やあ、オリビア」

自分のすぐ側で立ち止まったアルフレッドは、気さくに話しかけてきた。「こんばんは」。そう返そうとしたのだが、隣のコンラッドが頭を下げるので、慌《あわ》てて自分もそれに倣《なら》った。伏せたオリビアの首元に、戸惑《とまど》ったようなアルフレッドの呼気が舞《ま》い降りて触《ふ》れる。

今までアルフレッドに対してこんな態度を取ったことはない。

「……どうぞ」

落ち着いたアルフレッドの声に、コンラッドが顔を上げる。オリビアもゆっくりと目線を上げた。かちり、と。アルフレッドと目が合った瞬間、硬質《こうしつ》な音が鳴った気がした。すぐにアルフレッドが形の良い唇を開く。

「オ……」

「怪我《けが》の具合はいかがですか？」

名前を呼ぼうとしたアルフレッドの口を塞いだのは、シンシアだ。アルフレッドは気まずく唇を噛《か》み、オリビアは視線を彷徨《さまよ》わせた末にシンシアを見て頷《うなず》いた。

「ありがとうございます。ええ、もう。はい」

語尾《ごび》になるほど曖昧《あいまい》な言葉を連ね、オリビアはシンシアに答えた。その隣で、アルフレッドが息を吐《は》く。安堵したらしい。

「殿下をかばっての傷とお伺《うかが》いしましたわ」

シンシアは、ほんの少しだけ首を横に傾《かし》げる。小鳥のような仕草だ。「ええ、まぁ」と曖昧にオリビアが頷いた。

「夜遊びをするな、とは申しませんが、せめて供をつけていただかねば」

コンラッドがそっとアルフレッドを諌《いさ》めた。アルフレッドは例の猫かぶりな様子で殊勝《しゅしょう》にうなだれてみせ、オリビアに対して、「申し訳なかった」と声をかける。オリビアは慌てて首を横に振《ふ》った。

「私こそ……。アルを守り切れなくてごめん」

語尾になるほど、弱々しくなる。そんな自分が更《さら》に情けない。ふと、コンラッドが気になり、彼の様子を横目で盗《ぬす》み見る。目が合った。なんだか馬鹿《ばか》にしているように苦笑《くしょう》され、一人で勝手に落ち込む。

――そりゃそうよね……。

自分は、コンラッドの言うところの、『供』にすらならなかったのだから。

「お話し中、申し訳ないのだけど」

澄《す》んだ声が頬《ほお》を撫《な》で、オリビアは顔を上げた。

視線の先に、アレクシアが羽飾《はねかざ》りのついた扇子《せんす》を手に持ち、人好きのする笑みを浮《う》かべて立っている。コンラッドが素早《すばや》く礼をし、シンシアもひざを折って頭を下げる。

「いいのよ、かしこまらないで。私の方こそ、割り込んでしまって申し訳ないわ」

アレクシアは丁寧に詫《わ》びると、アルフレッドに顔を向けた。

「お客様に紹介《しょうかい》しますから、いらっしゃい」

アルフレッドは頷き、ふと自分の腕を取るシンシアを一瞥《いちべつ》した。

「彼女も、ですか」

どこか戸惑い気味に尋《たず》ねる。アレクシアは一瞬口ごもるような表情を作った。「そうね」。呟き、ふとオリビアに視線を向ける。

「ほんの短い挨拶《あいさつ》だし……。オリビア、その間、シンシア嬢《じょう》のお相手を」

アレクシアの指示に諾、と返事をしようとしたが、「おや」とコンラッドが口を差し挟《はさ》む。

「殿下《でんか》の婚約者殿《どの》なのでしょう？　エスコートなさって、一緒《いっしょ》に伺っては？」

アルフレッドだけを見据《みす》え、緩《ゆる》やかな笑みを湛《たた》える。

「大事な大事な姫君《ひめぎみ》なのでしょう？　一人置いておくのは可哀《かわい》そうというものです」

コンラッドは笑顔を崩《くず》さずにアルフレッドにそう言った。

「……ご助言ありがとう、コンラッド。こういうことには、なにぶん疎《うと》いもので」

アルフレッドは綺麗な表情で笑みを作ってみせる。だが、湖氷色《こひょういろ》の瞳は、凍《い》てつくような光を放っていた。コンラッドの方はというと、その視線を真正面から受け、「いえいえ」と嘯《うそぶ》いている。

「そう……ね。シンシア嬢については、私から、お客様に紹介するわ。そうしましょう」

アレクシアが取り繕《つくろ》うように言うと、「オリビア」と名前を呼んだ。

「お客様への紹介が終わったら舞踏会《ぶとうかい》が始まるの。貴女《あなた》も誘《さそ》われたら、誰《だれ》かと踊《おど》るといいわ」

オリビアは目を丸くして首を横に振った。

「いえ、私はアレクシア様の侍女《じじょ》です。そのような……」

「私の侍女である前に、ウィリアム卿《きょう》の娘《むすめ》でしょう」

アレクシアは陽気に笑う。

「今、この瞬間から貴女の職務は終了《しゅうりょう》です。貴族の娘の一人として、この舞踏会に参加しなさい」

アレクシアはそう命じると、片目をつむってみせた。

「貴女、社交界にもまだ顔を出してないから……。手ぐすね引いている殿方《とのがた》もいるわよ。誘われたら、『はい』って答えて、踊りなさいね」

「……いや、その……」

オリビアは顔を真っ赤にして伏《ふ》せる。誘ってくれる人などいるはずがない。だいたい、見知った顔は、ほぼ同僚《どうりょう》の騎士《きし》なのだ。剣《けん》でねじ伏せてきた男達も多いというのに、今更《いまさら》どの顔で『踊りませんか』『はい』などと会話するのだ。

「安心しなよ、オリビア」

くすり、と笑うアルフレッドの声に、オリビアは顔を上げた。途端《とたん》にぶつかったのは、底意地の悪い瞳《ひとみ》だ。

「壁《かべ》の花になりかけたら、ぼくが声をかけてあげるから」

「……あげるから」

上から目線に、思わず歯ぎしりしかけたが、「いやあ、大丈夫《だいじょうぶ》ですよ」とコンラッドが笑った。

「壁の花にはなりません。彼女はわたしと踊りますからね」

「は⁉」

思わず大声を上げて尋ね返したが、コンラッドは、「な？」と親密そうに顔を近づけてくる。絶句するオリビアに意味ありげに笑いかけ、それからコンラッドはアルフレッドを見た。

「殿下はどうぞ、シンシア嬢と存分に。一曲でも二曲でも」

アルフレッドは最早《もはや》笑みを浮かべていない。珍《めずら》しく無表情で、きつくコンラッドを睨《にら》み付けたまま、端整《たんせい》な唇を引き結んでいる。

「奥様」

ふと、小さな声がアレクシアにかけられる。ぴん、と張ったような緊張感《きんちょうかん》がその一言で緩む。

「はい」

アレクシアが応じ、声の主を見た。執事《しつじ》だ。丁重《ていちょう》に腰《こし》を折ってアレクシアの側《そば》に控《ひか》え、白手袋《しろてぶくろ》を嵌《は》めた手で北側の壁を指す。

「閣下とお客様がお待ちでございます」

弾《はじ》かれたように誰もが北側を見る。ユリウスがむっつりとした顔でこちらを眺《なが》めており、客人夫妻も困惑《こんわく》したように顔を見合わせていた。その背後で、ウィリアムが声を発さずに口だけ動かし、『怒《おこ》ってるよ』と言っている。

「今すぐ参ります。ほら、アル」

アレクシアはドレスの裾《すそ》を翻《ひるがえ》し、足早にユリウスの下《もと》に向かう。アルフレッドがその後を追った。

シンシアをエスコートして。

——庭のバラ、今の時季は綺麗《きれい》なんじゃないかな……。

人で埋《う》まった室内を、オリビアは縫《ぬ》うように歩く。

小さな舞踏会、というのは最早嘘《うそ》だと、オリビアは思った。数えきれないほどの参加者がホールに集まっている。

オリビアの見知った貴族もいれば、向こうだけが親しげに声をかけてくる婦人達も多い。「懐《なつ》かしいわね」、「いつ見ても元気そうね」。そう言う彼らにお決まりの笑みを返し、丁寧《ていねい》にお辞儀《じぎ》をしてみせる。

そうやっている間に、コンラッドはいつの間にか自分の側から離《はな》れてしまった。ちらりと様子を眺めると、団員らしい騎士達と何事か話し合っている。警備のことなのだろう。真剣な目や表情を見ると、自分自身の今の境遇《きょうぐう》に落ち込む。

本来なら、自分もそこにいたのに、と。

自ら願い出てアルフレッドの護衛騎士を降りてみれば、なんのことはない。領主館に自分の居場所はなかった。

ただの「オリビア・スターライン」という十五歳の少女に戻《もど》れば、誰も自分を目に留めない。じっと壁際《かべぎわ》に立っているだけで、存在さえ消え失《う》せそうだ。

俯《うつむ》いて、目立たぬように、人の波を歩く。

「殿下の隣《となり》にいる少女が……？」「だろうな。このような場にエスコートするのだから」

参加者の声が聞きたくもないのに耳に入ってくる。

そのたびに、ずきずきと右肩《みぎかた》の傷が痛んだ。

――婚約者《こんやく》、か……。アル、結婚するんだ、あの侯爵令嬢《こうしやくれいじよう》と。

不思議と、シンシアの顔や姿より、アルフレッドの顔が次々と頭に浮かぶ。

勝負に負けて悔《くや》しがる顔や、爆笑《ばくしよう》している顔。大きく口を開けてアップルパイにかじりつく顔や、だらしなく寝《ね》ている顔。

『オリビア！』

自分を呼ぶあの声。実は、二人だけのときは訛《なま》りを隠《かく》さずに話すから、抑揚《よくよう》が少し違《ちが》う。アルフレッドは、アレクシアの外国語訛りを受け、子音《しいん》に少し特徴《とくちよう》がある。本人が気にして隠しているせいか、他人の前で呼ぶオリビアの名前と、二人だけのときに呼ぶ名前は、違う発音なのだ。

——もう、そんな風に名前を呼ばれないのかな……。

そもそも、二人っきりになることなど、今後ないのだ。

そう思い至り、オリビアはぎゅっ、と衣装《いしょう》を摑《つか》んだ。

勢いよく足を振り出すと、絹の裾が素足《すあし》に触《ふ》れ、柔《やわ》らかなその感触《かんしょく》になんだか心が安定しない。いつもは軍靴《ぐんか》だ。布など触れようがない。慣れぬ感覚と、ざわめく室内に酔《よ》いそうだ。舞踏会と言いつつ、ダンスはまだ始まらない。


オリビアは逃《に》げ出すようにテラスに近づき、観音扉《とびら》の取っ手に指をかける。

外は冷えているのだろうか。

金色の取っ手はやけに冷たく、指先を通じて心臓にまで針のような痛みを残した。思わず手を離したが、突如《とつじょ》背後で巻き起こる大笑いに肩を押されるように、扉を開く。

ふわり、と。夜風がオリビアを包んだ。

澄《す》んだ、どこか透明感《とうめいかん》のある香《かお》りが鼻先を掠《かす》める。オリビアは庭園に顔を向けた。かがり火がところどころ焚《た》かれた庭は、今、一面バラが花盛りとなっていた。夜闇《よやみ》に沈《しず》み、残念ながら白いバラしか見ることはできないが、それでもこの香りが薄紅色《うすべにいろ》のバラが漂《ただよ》わせる匂《にお》いだということは知っている。

庭には、人影《ひとかげ》がなかった。

オリビアはそのことに安堵《あんど》する。

この大広間から見える庭園も、オリビアは小さい頃《ころ》からよくアルフレッドと走り回っていた。特にバラが見頃となるこの時季は、家令から「根が傷《いた》むから入ってはいけない」と言われていたが、追いかけっこの延長で突入し、大目玉を何度も食《く》らった。

そのときのことを思い出し、ふふ、と知らずに笑みこぼれる。懐かしい。

――外に出て、正解だったかも。

昼ならまだしも、夜では流石《さすが》に誰もバラを観《み》に庭には来ないのだろう。

オリビアは深く胸の奥まで庭の香りを吸い込んだ。室内とは違う、豊かな空気を肺に満たす。

夜が深まり、温度が下がったのだろう。冷えた風がオリビアの身体《からだ》から熱を奪《うば》うが、却《かえ》って頭が冴《さ》えた。

大理石のテラスに足を踏《ふ》み出すと、かつりと無機質な音が鳴る。ちらりと足下《あしもと》を見た。

赤いストラップが二本ついたヒールだ。アレクシアが若い頃に履《は》いていたのだという。留め具につけたブリリアントカットの玻璃《はり》が目に入る。

――アルならきっと、惜《お》しげもなく金剛石《こんごうせき》を使いそう。

ふとそう思い、笑みを深めた。いや、それとも意外に装飾《そうしょく》品なんてつけないかもしれない。

おれが一番輝《かがや》いているからな。そんなことを平然と言いそうだ。

――アルならきっと……。

『見ろ。オリビア。おれは女装でも世界一だ』『オリビアー。ヒールで走るときのコツを教えてやるよ』『馬《ば》ぁ鹿《か》、オリビア。お前には、これだ、これ。似合わねぇよ、そんな服。こっちにしろ』

オリビア、オリビア、オリビア、オリビア。

自分の名前を、不思議な調子で呼ぶアルフレッド。

『はぁ？　女装で世界一になって嬉《うれ》しいの？』『そんなコツ、知らなくていい。無駄《むだ》知識』『私が好きな服を、私が気に入って着てるのに、何が悪いのっ』

彼の言葉に、いちいち言い返す自分。

無視していればいいのに、言われたことに反応し、まぜっかえし、笑い合う。

そして気づく。

今、ようやく気づく。

楽しかった。面白《おもしろ》かった。嬉しかった。

そして。

大好きだったのだ。

意識さえしないほど、大好きだった。

気づけば目で追い、離れたくないと願うほど強く。

大好きだったのだ。

そんな、自分の心の基盤《きばん》を作る感情の一端《いったん》に触れ、呆然《ぼうぜん》と立ち尽《つ》くしたとき。

こつん、と。踵《かかと》の鳴る音に振《ふ》り返る。

観音扉は開いていない。誰《だれ》かが庭に来たわけではないようだ。

こつん、と。踵がまた、大理石を蹴《け》る。

オリビアは「音」を探して首を巡《めぐ》らせた。耳に着けた真珠《しんじゅ》のイヤリングがふたつ、オリビアの動きに合わせて、かちり、と鳴る。結《ゆ》わずに下ろした黒髪《くろかみ》が、ふわりと揺《ゆ》れ、夜闇にまぎれて溶《と》ける。

その、刹那《せつな》。

ぐい、と腕《うで》を摑まれる。

息を呑《の》む。顔を見た。

瞳《ひとみ》が、捉《とら》える。

アルフレッドを。

「オリビア」

テノールの声が頰《ほお》を撫《な》で、首筋を掠めて消える。湖氷色《こひょういろ》の瞳が自分だけを見つめ、摑まれた腕に力が込もった。オリビアは、間近にいるアルフレッドを見る。

「どうして……」

どうして、ここにいるのだ。ホールにいるのではないのか。舞踏《ぶとう》会に。シンシアと舞踏会にいるのではないのか。

「なんでここにいるの」

声が震《ふる》えた。みっともなくて、ぎゅっと下唇《したくちびる》を噛《か》む。視線の先では、硬《かた》い表情のアルフレッドが自分の右手首を摑んで立っていた。

「絶対、お前、庭に出てくると思って」

感情の窺《うかが》いしれない声がオリビアの睫《まつげ》を揺らした。強い眼差《まなざ》しはオリビアに向けられたままだ。真っ直《す》ぐ。ただただ、自分の姿を映していた。

「今のこの時季なら、絶対バラを観に、お前は庭に出てくると思って、待ってた」

強く手首を握《にぎ》られ、オリビアは「痛い」と怯《おび》えた声を漏《も》らす。そこで初めて、アルフレッドは表情を緩《ゆる》めた。「悪い」。呟《つぶや》くように言い、強《こわ》ばった指から力を抜《ぬ》いたが、手を放す気はないらしい。オリビアの右手首を摑んだまま、わずかに瞳を伏《ふ》せた。

「シンシア嬢《じょう》は……？」

オリビアは素早《すばや》く周囲に視線を走らせる。こんなところ、彼女に見せられない。誤解されたらどうするのだ。咄嗟《とっさ》にそう思い、腕を引き抜こうとしたが。

数日前に彼女から投げつけられた不躾《ぶしつけ》な視線を思い出して、腕から力を抜く。彼女ならきっと何も思いはしないだろう。「また仕事の話だ」。そう思うかもしれない。

「シンシアなら、化粧《けしよう》でも直してるんじゃないか。知らねぇ」

　興味なさそうにアルフレッドは答え、ぐい、とオリビアの腕を引いた。

「ちょっと、何よ」

　オリビアはよろめく。今日は軍靴ではない。高さはそれほどないが、ピンヒールだ。腕を引いて歩かれれば姿勢が安定せず、前のめりになりながらアルフレッドについて行かざるを得ない。踏ん張れないのだ。

「やめて、ってて」

　苛立《いらだ》ったように声を荒《あら》らげると、ようやくアルフレッドが歩みを止めた。

　テラスの脇《わき》。すでに、バラ園に足を踏み入れたようなところだ。

　観音扉《とびら》から漏れ出る室内の灯《あか》りも届かず、かがり火の熱も感じない。

　夜の闇と冷気と。星空から降るような静寂《せいじゃく》に包まれた場所で、オリビアはアルフレッドに手首を摑《つか》まれたまま、立っていた。

「悪かった」

　ぶっきらぼうに声を投げつけられ、戸惑《とまど》う。謝罪ならさっき受けた。自分も彼に謝ったはずだ。それなのに、アルフレッドは頼《たよ》りなげに、肩を落としている。

「お前が怪我《けが》したあの晩……。あの後、どうなったか、お前聞いたか?」

　上目遣《うわめづか》いに自分を見やるアルフレッドに、オリビアは、おずおずと頷《うなず》いた。

「衛兵がすぐに向かったけど、何の情報も得られなかった、って。男達も見つからなかったとは聞いたけど……」

オリビアの言葉に、アルフレッドは深い息を吐《は》いた。

「手がかりが全くない。お前の血以外、痕跡《こんせき》はなかったそうだ。なんとなく、行きずりの酔客《すいきゃく》がおれ達に絡《から》んだんじゃないか、と衛兵は思っている」

「言ってないの!?『魔術師《まじゅつし》と猟犬《りょうけん》』のことを!」

目を見開く。コンラッドだけが知らないのだろうかと思っていたが、この様子ではアルフレッドは誰にも報告していない。

「今からでも言ってよ!」

オリビアは口早に言葉を飛ばし、アルフレッドを睨んだ。もうひとつのいやな予感が胸に沸《わ》き上がる。

「まさかと思うけど、アル。一人で危ないことしてないでしょうね……っ」

切羽詰《せっぱつ》まってきつい声が口から飛び出す。この男、もしかして、一人で追おうとしているのではないか。彼の性格では十分考えられることだ。

「危ないことだけはしないでよ! もう、私……」

私はいないんだよ、という言葉は寸前で飲み込んだ。自分がいたからといってなんだというのだ。苦い記憶《きおく》が右肩《みぎかた》の傷を疼《うず》かせる。

「してない。『夜の街《ナイト》』には一人で行ってないし、反省もした」

アルフレッドは柳眉《りゅうび》を寄せ、下唇を噛む。その様子に、オリビアは息を吐いた。よかった。『おれ一人でも追う』とか言いだすのかと思った、と肩から力を抜く。

「……本当に、悪かったと思ってる」

掠《かす》れたアルフレッドの声に、オリビアは目を瞬《また》かせた。視線の先で、彼はうなだれたままだ。

「お前に怪我をさせて悪かった。おれの判断が間違《まちが》っていた。もっと慎重《しんちょう》にノア達を探《さぐ》れば良かった」

一息にそこまで言うと、アルフレッドは伏せていた瞳を上げる。湖氷色《こひょういろ》の瞳が、オリビアを見つめ、揺らぐ。

「おれが、悪かった」

語尾《ごび》に風の音が混じる。かがり火の中で木が爆《は》ぜた。オリビアは息を呑む。

「……アル」

思わず名前を呼んだ。謝って欲しい訳ではないのだ。この件に関しては、完全に自分が悪い。アルフレッドを守れなかった自分が悪いのだ。無力で、非力で、無策な自分が、ウィリアムのように振る舞《ま》えると思った傲慢《ごうまん》さが生んだ必然なのだ。

「謝らないでよ」

声が震えた。謝られると、余計に自分が情けなくなる。

「だから、今度はもっと下準備をして、お前のことにも気を付ける」

その言葉に、俯《うつむ》いていたオリビアはぎょっとして顔を上げた。

「情報も集めて、衛兵からも話を聞いて……」

「何言ってんの！」

思わず怒鳴《どな》った。目の前には、きょとんとしたような顔のアルフレッドが立っている。相変わらず、自分の手を握ったまま。

「何って……。二人で追おうぜ。『魔術師と猟犬』を。このままにはしとけねぇよ」

「冗談《じょうだん》じゃない！」

オリビアは瞬間的《しゅんかんてき》に燃え上がった怒《いか》りのまま、大声をぶつけた。

「まだ懲《こ》りてないの!?　そんな危ないことはやめて！」

もう、理解ができないとオリビアは怒鳴り散らしたかった。『二人で追おう』。よくもそんな発想になるものだ。

あの日。あの晩。あの路地裏で。

自分はアルフレッドを守れなかった。彼の身を危険にさらした。

力が足りなかった。判断ができなかった。守り切れなかった。

だから。

だから、オリビアは降りたのだ。彼を守る、という職務から。

それなのにこの男は、と憤《いきどお》りのために眩暈《めまい》を起こしかけながら、アルフレッドを睨みつける。

「私はアルを守れない……っ」

食いしばった歯の間から呻《うめ》くようにオリビアは告げる。だが。

「お前に守られる気はない！　自分のことは自分で守れるっ」

焦《じ》れたようなアルフレッドの言葉は、予想以上の衝撃《しょうげき》でオリビアの心を砕《くだ》いた。


今までも。そして、これからも。

自分はアルフレッドを守る気でいた。

アルフレッドの隣《となり》で、彼を取り巻くいろんな障害から庇《かば》う気でいた。

強がりで、大人の前では良い格好ばかりしているアルフレッドだが、基本的に繊細《せんさい》で優《やさ》しい性根《しょうね》なのだということを自分は知っている。

まだ小さい頃《ころ》は王都の王子達にからかわれては悔《くや》しげに俯き、容姿の件で侮《あなど》られては負けるものかと涙《なみだ》を堪《こら》えて武芸に励《はげ》み、社交的に振《ふ》る舞《ま》うことに疲《つか》れてはヒースの茂《しげ》みで丸まっていることを。

だからこそ、オリビアはアルフレッドを守ってやろうと思ったのだ。

アルフレッドの立場からは言えないことを大声で言い、アルフレッドがやりたいけれど諦《あきら》めたことを、「やってみたい」と宣言して共にやり、『強くなりたい』と願うアルフレッドと剣《けん》を交えてきた。それなのに。

『守られる気はない』『自分の身は自分で守る』

そうきっぱり言われてしまえば。

「……そうね」

乾《かわ》いた笑い声が漏《も》れた。あはは、と自分でも驚《おどろ》くほど陽気な声が喉《のど》からあふれ出る。

「アルは自分でなんでもできるんでしょう。もう、私が隣にいる必要はないわね」

そうだ。彼の言うとおりだ。

自分にはできなかった。自分には何もなかった。気づけなかった。

アルフレッドを守るための力も、判断力も、この両手にはなかった。

何より、隣にいて彼を守り続けるという、覚悟《かくご》そのものがなかったのだ。

「違……」

狼狽《うろた》えたようにアルフレッドが言葉を放つが、オリビアはすっぱりと断《た》ち切った。

「シンシア嬢《じょう》を妻に迎《むか》えて、コンラッド殿《どの》が作る騎士《きし》団の側《そば》にいればいい」

「なんでシンシアが出てくるんだよっ」

頑是《がんぜ》ない子どものようにアルフレッドが怒鳴る。だがオリビアは怯《ひる》まない。笑《え》みを口元に湛《たた》えたまま、アルフレッドを見上げた。

「シンシア嬢も、アルも、きっとコンラッド殿が守ってくださる」

オリビアは翡翠《ひすい》色《いろ》の瞳《ひとみ》を幼馴染《おさななじ》みに向ける。

たった二日会わなかっただけなのに、こんなに彼は背が大きかっただろうか。テノールの声はこんなに耳に心地《ここち》よかっただろうか。金の長い髪《かみ》は、こんなに美しかったろうか。

「だから、私の居場所はもう、ここにはない」

「『夜の街《ナイト》』はどうするんだ」

湖氷色の瞳がオリビアの心を捉《とら》える。

「あそこにいる住民はお前を待ってる。お前は『夜の街《ナイト》』にも居場所がない、っていうのか」

語気《ごき》荒《あら》く言われ、怯んだ。心に浮《う》かぶのは、字を教えた子ども達や、ざっくばらんに話しかけてくる街娼《がいしょう》達の顔だ。

「お前がいるから、おれは『夜の街《ナイト》』に行けたんだ」

俯くオリビアの顔を覗き込み、アルフレッドは言いつのる。宥《なだ》めるように声をかけてくる。

「お前と一緒《いっしょ》だから、おれはあそこで頑張れたんだ。戦えたんだ」

「だけど、私はアルを守れない……っ」

喉から絞《しぼ》り出したのは、情けないほど震《ふる》えた声だった。

自分はアルフレッドを守れない。実力がない。怖《こわ》い。いや、それ以上に。

足手まといになりたくない。

使えないヤツだと思われたくない。

「……『夜の街《ナイト》』に行きたいなら、コンラッド殿に頼《たの》んでみて……」

自分で自分に嫌気《いやけ》が差した。口に出した言葉に、嫌悪感《けんおかん》しか浮かばない。そんなことを言う人間だと思わなかったと、アルフレッドも見限れば良《い》い。そうすれば……。

「なんで、さっきからコンラッドが出てくんだ」

硬い声が夜風を斬《き》った。

それまで、彼にしては珍《めずら》しく穏《おだ》やかで、慰《なぐさ》めるような声音《こわね》を使っていたのに。

オリビアは、顔を上げる。数秒前まで困惑《こんわく》や戸惑《とまど》いを映していたアルフレッドの湖氷色《こひよういろ》の瞳は、オリビアが口にした名前に即座《そくざ》に反応したようだ。瞳孔《どうこう》が収斂《しゅうれん》し、遠方のかがり火の光さえ内包して荒ぶる。

「だいたい、お前、さっきのなんだよ、ダンス踊《おど》る、って……っ」

「知らないわよ！　あんただって、何よ！　婚約《こんやく》の話なんて初めて聞いたっ」

オリビアは怒鳴り返す。自分を睨《にら》み付けるアルフレッドの瞳を逆に見返した。

「私はもう、アルの隣にはいられない。護衛騎士からも外れたの！」

「そんなのは、おれが許さない」

唸《うな》るようにアルフレッドが言う。ぎゅっと手首を摑《つか》まれるが、オリビアは退《ひ》かない。涙を堪えるために目頭《めがしら》に力を入れ、泣かないためにひりつく喉で喋《しゃべ》り続ける。

「だって、私。きっともう強くなれない。アルを守れるほど、強くなれない」

「おれは自分のことは自分で守る、って言ってんだろうが」

「じゃあ、もうアルの隣にはいられない」

首を横に振《ふ》る。真珠《しんじゅ》のイヤリングが揺《ゆ》れた。かちり、と鳴る。拍子《ひょうし》に。その振動《しんどう》に。そのかすかな音に。目から涙が零れた。

「私はアルを守るために隣にいたの。アルが私を必要としていないなら、私はもういられない」

彫像《ちょうぞう》のように立ち尽《つ》くすアルフレッドに、オリビアは言う。嗚咽《おえつ》を堪え、声を震わせながら。

「コンラッド殿がアルを守ってくれる。シンシア嬢がアルを支えてくれる」

潤《うる》んだままの瞳で、アルフレッドを見上げた。

「私は私の居場所を、自分で探す」

「それはおれの隣だ」

苛立《いらだ》ったようにアルフレッドが言うが、オリビアは首を横に振った。違《ちが》う。自分にはその資格がない。力が足りない。立場さえない。気づいてみれば、自分には何もなかったのだ。

アルフレッドの隣に立つための、何かが。

「私は、アルの隣には」

いられない。

そう言おうとしたオリビアは、だが突如《とつじょ》手を引かれる。「あ」と声が漏れた。よろめき、足を前に出す。前傾姿勢《ぜんけい》のまま、なんとか身体《からだ》を止める。上半身を立て直そうとして顔を上げた。

そのオリビアを、不意に甘い香《かお》りが包んだ。

バラじゃない。桃《もも》に似た香り。アルフレッドの香水《こうすい》。

「あ……」

自分は何を言おうとしたのだろう。『アル』だろうか。『危ない』だろうか。ただ、その先を紡《つむ》げない。

オリビアの唇《くちびる》は、アルフレッドの唇に塞《ふさ》がれた。

オリビアは、息もできず、ただただ中途半端《ちゅうとはんぱ》な姿勢のまま動きを止めた。

ぎゅっと、押し当てられた柔《やわ》らかなアルフレッドの唇。

鼻腔《びこう》を掠《かす》める甘い香水。無造作に握《にぎ》られた右手首。

ふっ、と。

アルフレッドの呼気が漏れる。唇が離《はな》れた。

「その先を言うことは、おれが赦《ゆる》さない」

睫《まつげ》が触《ふ》れ合うほどの距離《きょり》でアルフレッドがオリビアを見据《みす》える。オリビアは動けない。強く射竦《いすく》められて動けない。目がそらせない。

「お前の居場所は、おれの隣だ」

低く震える空気。アルフレッドの声。それがオリビアの頬《ほお》を撫《な》で、髪を滑《すべ》る。

「あ……」

自分は何を言おうとしたのだろう。

わからないままオリビアは声を漏らした。アルフレッドがオリビアを見ている。先を促《うなが》している。何を言おうとしているのか、と。お前は、何をおれに伝えようとしているのか、と。オリビアの唇を見つめている。


「オリビア嬢？」

だが、二人の間に突如響《ひび》き渡《わた》ったのは、伸《の》びのある声だ。訝《いぶか》しそうなその声にオリビアは、「ここです」と悲鳴のような声を上げた。

どん、と空いた左手でアルフレッドの胸を突《つ》く。右手を力いっぱい振《ふ》った。アルフレッドが手を放す。オリビアは安堵《あんど》の息を漏らして彼に背を向けた。

「オリビア嬢？」

かちゃり、と観音扉《とびら》の開ききる音がした。オリビアはその音に向かって駆《か》け出す。

「明日の晩。『夜の街《ナイト》』で待っている」

静かにアルフレッドの声が追いかけてきたが。

「今からダンスが始まるらしいぞ。約束通り、一緒にどうだ」

からかうように笑うコンラッドに向かって、オリビアは走った。

「姿が見えないからどこに行ったのかと思ったら……。おお、バラが見事だ」

室内から漏れる光を纏《まと》うコンラッドの姿が、涙《なみだ》で滲む。オリビアはぎゅっと目をつむったまま、彼に抱《だ》きついた。肩《かた》が細かく震える。背中に回した腕《うで》で、コンラッドの上着をきつく掴んだ。痛い。さっきまで握られていた右手首が痛い。そこだけ、ぬくもりが引かない。

「え……？　オリビア嬢《じょう》、どう……？」

戸惑うコンラッドの胸にオリビアは顔を押し付ける。「すみません」。呟《つぶや》くようにそう答えた。

背後で、かすかに足音がする。アルフレッドだろう。コンラッドの動きが一瞬《いっしゅん》止まる。

――アルといたことを、気づかれた……？

そっと顔を上げる。コンラッドは闇《やみ》に向けていた榛色《はしばみいろ》の瞳《ひとみ》をオリビアに向けた。

「会場に、居場所がなかったのか？」

鷹揚《おうよう》に笑うと、ぼすぼすとオリビアの頭を撫でる。

この様子ではアルフレッドに気づいていないのだろう。吐息《といき》を零《こぼ》し、肩を小刻みに震わせたまま、オリビアは身を竦める。

「誘《さそ》うのが遅《おそ》くなって悪かったな。警備のことがあったから……。さぁ、中に入ろう」

コンラッドの優《やさ》しい声が頭の上に降ってくる。オリビアは抱きついたまま、小さく頷《うなず》いた。

自分の背中を、コンラッドが優しく撫でる。

「居場所がないなら、これから、俺の隣《となり》にいればいい」

コンラッドの声に、再びオリビアは顔を上げ、彼の視線をなぞった。

コンラッドが見ているのは、自分ではない。闇に沈《しず》むバラ園だ。

誰《だれ》もいるように見えないが、と耳を澄《す》ましたオリビアは、彼の視線の先で、かすかに遠ざかる足音を聞いた気がした。

第五章　その手が、その唇が、その瞳が覚えている

「アリー。ねぇ、合ってる？」

「え？」

アルフレッドは目を瞬《またた》かせ、声の主を見た。顔を上げた瞬間、青石の耳飾《みみかざ》りが揺れる。知らずに握りしめていたチュニックから指を離すと、しびれたような痛みを残した。

リリーと皆《みな》から呼ばれている四歳の女児が、尻《しり》を付けて地面に座り、そんな自分を見上げている。手に持った棒きれで地面にアルフレッドが書き付けたいくつかの算式に、答えを書いたようだ。

「ああ。ごめん」

アルフレッドは慌《あわ》てて身を屈《かが》め、簡単なその計算式を見る。途端《とたん》に耳を掠めたのは、大げさなため息だ。ちらりと視線を移動させると、胡座《あぐら》をかいたリリーが膝《ひざ》に頬杖《ほおづえ》をつき、つまらなそうにアルフレッドを見上げていた。

「オリバーがよかった」

ぶっきらぼうにそう言われ、言葉に詰《つ》まる。胸の前でショールをかき合わせ、素直《すなお》に「ごめ

んなさい」と謝った。

「ちゃんと見るから」

アルフレッドはぎこちない笑《え》みを浮《う》かべ、リリーの手から棒きれをつまみ上げた。合っている解答に上から順番に印をつけていく。

『夜の街《ナイト》』の子どもに、文字や簡単な計算を教えよう、と言ったのは自分だったのか、オリビアだったのか。今となっては判然としない。当初は、地面が露出《ろしゅつ》している場所で、たった三人の子どもに教えることから始まったのだが、いつの間にか数十人の子ども達であふれかえる事態になっていた。

「全部正解」

アルフレッドはにこりと微笑《ほほえ》む。リリーは、破顔してアルフレッドを見上げた。

あれほど対応に苦慮《くりょ》していたのが嘘《うそ》のようだ、とその笑顔を見て思う。いまや、アルフレッドのところに来る子どもはリリー一人だ。オリビアが。いや、オリバーが『夜の街《ナイト》』に来なくなった途端、子どもの足は遠のいた。

原因ははっきりしている。

「オリバーも褒《ほ》めてくれるかな」

満面の笑みでリリーが尋《たず》ねてくる。アルフレッドは強張《こわば》った笑みのまま頷いた。口紅を塗《ぬ》った唇で辛《かろ》うじて「そうね」と応じる。そうだ。オリビアが来なくなったから、子ども達は姿を消したのだ。

『すごいな。良くできた。ご褒美《ほうび》だ』

そんなオリビアの声が聞こえた気がして、アルフレッドは反射的に振《ふ》り返る。

男装姿のオリビアが、腰《こし》の革《かわ》ベルトにつけた袋《ふくろ》から飴玉《あめだま》を取り出し、しゃがみ込んだ。子ども達に金銭を与《あた》えても、親が奪《うば》ってしまうことに気づいてから、オリビアは常に「飴」を持ち歩いている。飴なら大人に奪われない。子どもの口に入って、笑顔を生む。

オリビアは子どもに手を伸ばし、くしゃくしゃとその頭を撫でてやる。褒められた子どもは、嬉《うれ》しくて飴玉より先にオリビアに抱《だ》きつく。子どもが不潔だろうが病気だろうが関係ない。オリビアはいつも笑いながら、自分に飛び込んでくる子どもを抱きしめていた。

「……どうしたの？」

訝しげなリリーの声に、アルフレッドはまばたきをした。

途端に。残像が夜闇に溶《と》ける。そこにはただ、薄暗《うすぐら》い街路が広がるばかりだ。

オリビアの姿など、どこにもない。

「なんでも」

アルフレッドは乾《かわ》いた笑い声を漏《も》らし、リリーに向き直った。ぐるり、と。踵《かかと》を起点にして身体《からだ》を回す。途端に体勢を崩《くず》しかけて慌てて足を踏《ふ》ん張った。なんだかバランスが悪い。

——まるで、片翼《かたよく》をもがれたようだ……。

思わず肩をさすりながら、アルフレッドは心の中で独りごちる。

オリビアがここに来ることはもうないだろう。

『明日の晩。「夜の街《ナイト》」で待っている』

舞踏会の日そう言ったのに、彼女は来なかった。昨日も。その前も。

領主館でも顔を合わせることはない。オリビアはアレクシアの護衛騎士《きし》となり、別棟《べつむね》にあるアレクシアの部屋に常に詰めている。

ひょっとしたら、今日は『夜の街《ナイト》』に来ているかもしれない。

ただ、会いたい、と。そんな淡《あわ》い期待を抱《いだ》いて、アルフレッドは時間を見つけては領主館を、夜に忍《しの》び出るが。

彼女に出会うことは、なかった。

相変わらず、『魔術師と猟犬《まじゅつしりょうけん》』の噂《うわさ》を聞いたが、数日前のような執着《しゅうちゃく》は湧《わ》かなかった。

二人で追うことがアルフレッドには重要だった。オリビアと二人なら、やれる。なんだって解決できる。ずっとそう思っていた。

だが、今。彼女は『夜の街《ナイト》』にいない。

アルフレッドは、『魔術師と猟犬』に対する興味さえ失《う》せて、ただ一人『夜の街《ナイト》』を彷徨《さまよ》う。

ひったくりや酔漢《すいかん》同士のけんかをいくつか見たが、以前のように自分でどうにかしようという気力はなく、自警団を呼んでやり過ごした。

また狙《ねら》われるかもしれないという危機感は常にあったし、オリビアがいない、という状況《じょうきょう》を理解してもいた。

だからこそ、当初は自衛の策をいくつか弄《ろう》していた。

オリビアは『コンラッドに相談しろ』と言ったが、冗談《じょうだん》じゃない、と顔を顰《しか》める。自分の身ぐらい、自分で守れる。アルフレッドは、オリビア以外を自分の隣《となり》に置くつもりはなかった。

ただ、念のため、危険な地区には近づかないし、絶対に一人にはならなかった。人目につくところで、誰かの視線を意識して行動するようにしていた。

それは、自分のため、というよりオリビアのためだった。

自分が傷つくことで、オリビアをこれ以上追い詰めたくはない。自分が危険に近づくことで、オリビアを不安にさせたくない。

だけど、と深い息を吐《は》いた。

もう、オリビアは『夜の街《ナイト》』に来ない。

自分の隣で笑いかけることもないだろう。

ぼんやりとだが、アルフレッドは気づき始めた。オリビアが隣にいない。声も聞こえない。

そんな日々が、だんだんとアルフレッドの日常になりつつあるのだ、と。

日中、オリビアの代わりに自分の側《そば》にいるのはコンラッドであり、シンシアだ。

彼らの言葉を聞くたび、声に触《ふ》れるたび、背中から翼《つばさ》がもがれるような痛みを感じる。オリビアが近くにいない。そのことだけを実感させられる。

コンラッドやシンシアの発する『音声』は、確実に自分の背に生えた翼を壊死《えし》させた。宙に舞《ま》い散る羽根と、朽《く》ち果てた翼が地面に落ちる音を聞きながら、アルフレッドはただ、領主館で、偽《いつわ》りの笑みを浮かべ続けている。

「オリバー、来ないの？」

首を傾《かし》げてリリーが尋ねた。アルフレッドは曖昧《あいまい》に頷《うなず》く。

『もうずっと来ないかも』。その言葉は理性で押し込む。喉《のど》の奥に飲み込んだ。今晩は確か、アレクシアの供をして海港に出向いているはずだ。

「けんかでもしたの？」

気づけばリリーが立ち上がり、下からアルフレッドの顔を覗き込んでいた。

「……けんか……」

アルフレッドは呟《つぶや》く。

あれは、けんかだったのだろうか。双方《そうほう》共に強情《ごうじょう》に持論を展開したことについては理解している。オリビアが『護衛騎士をやめる』と言い出し、自分の側から離《はな》れようとするから腹が立ったのは確かだ。それが原因で言い争ったような気はしているが。

「悪いのは、あっちだから」

むっと口の両端《りょうたん》を下げた。

そうだ。自分は悪くない。確かに、怪我《けが》をさせたのは自分だ。オリビアに危険な橋を渡《わた》らせた。そのことについては重々反省している。ついでに言うなら、実はウィリアムからも、この一件について、翌日、一発殴《なぐ》られている。

『これは、嫁入《よめい》り前の娘《むすめ》を夜に連れ出された父親からの一発です』

にっこり笑ってそう言われ、言葉もない。執務室《しつむ》での出来事だった。ユリウスはそんな様子を一瞥《いちべつ》し、『まぁ、お前が悪いな』と一言告げただけで、アルフレッドは更《さら》に落ち込んだ。

「……だから、ちゃんと、謝ったし」

腕《うで》を組み、胸を張ってリリーを見下ろす。そうだ。自分はちゃんと謝ったのだ。『悪かった』、『自分の身は自分で守るから』。だから、帰ってこい、と自分は言ったつもりだ。おれの隣に戻《もど》ってこい。そう言ったのだ。

「それなのに、あいつが……」

思わず地声になりそうになり、アルフレッドは咳払《せきばら》いをして誤魔化《ごまか》した。

――それなのに、あいつがまだしつこく『隣にいられない』とか言い出すから。

腹が立って、口を塞《ふさ》いでやったのだ。これ以上、何も言わないように。

――だって、あいつは、おれの側にずっといるんだと思ってたのに……。

けんかなら、やり直せる。そう思って。

それなのに、オリビアは振り返りもせず、あの男に抱《だ》きついた。おまけに、ダンスまで踊《おど》りやがった。

「謝ったのに……」

アルフレッドは沈《しず》んだ声を漏らす。知らずに肩《かた》が落ちていた。

コンラッドについては、あのバラ園では、自分がいることを知っていて、わざとあんな台詞《せりふ》まで吐いた。知っててあの男は、「居場所がないなら自分の隣にいろ」とか言いやがったのだ。

彼のあの、「してやったり」感溢《あふ》れる顔を、アルフレッドは一生忘れない。

『夜の街《ナイト》』もそうだ。約束していた日どころか、七日経《た》った今日に至るまで姿も見せない。

「……絶対、アリーが悪いと思う」

吹《ふ》き上がる怒《いか》りを必死で抑《おさ》え込んでいたら、リリーが断言する。アルフレッドは目を瞬《またた》かせた。「なんでよ」。思わず聞き直すと、大げさにため息まで吐かれてしまった。

「アリーは謝ったと思ってるんだろうけど、オリバーは思ってないと思うよ」

「どうして」

意固地になって言うと、「ほら、それよ」と指摘《してき》されてまた戸惑《とまど》う。意味がわからない。

「どういう……」

どういうこと。そう問おうとしたときだ。

「アリー！」

切迫《せっぱく》した声に、反射的に振《ふ》り返った。薄闇《うすやみ》に目を凝《こ》らす。「ローラだ」。リリーの呟きに頷いた。視界の先で、スカートを摑《つか》んで必死に石畳《いしだたみ》の街路を走る彼女の姿が見える。

「どうしたの、ローラ」

また、誰《だれ》かに追われてでもいるのだろうか。心配したアルフレッドに、息せき切って彼女は取りすがった。

「エラが！　帰ってこないの！」

「エラが……？」

自分の両腕にしがみつくローラを支え、アルフレッドは戸惑った視線を彼女に向ける。

「どこに行ったの？」

真っ先に考えたのは、あのヒモ男のことだ。やつがまた帰ってきたのだろうか。

「『魔術師《まじゅつし》と猟犬《りょうけん》』のところ」

ずっと走って来たからだろう。ローラはそこまで言い、激しく咳《せ》き込んだ。リリーが小さな手を伸《の》ばし、その背中を撫《な》でてやる。

「『魔術師と猟犬』……？」

予想外の言葉にアルフレッドはオウム返しに問う。ローラはがくがくと首を縦に振った後、顔を上げた。

「声がかかって……。誰か娼婦《しょうふ》を寄越《よこ》してくれ、って。この街を離れるから、パーティーをするつもりだ、って」

ローラの言葉は断片《だんぺん》的だったが、繋《つな》ぎ合わせると、「『夜の街《ナイト》』を出て、次の興行先に向かう。その打ち上げを行うので、酌《しゃく》をしてくれる娼婦を誰か、宿舎に寄越してくれ」そんな依頼《いらい》が街娼の元締《もとじ》めのところに入ったらしい。だが。

「そんな仕事、誰も引き受けないでしょう……？」

アルフレッドが眉根《まゆね》を寄せる。危険すぎる。来てくれ、と言われても街娼達は尻込《しりご》みするに違《ちが》いない。彼女らは基本、『自宅』あるいは、決められた『部屋』で商売する。

危ないからだ。

初めて訪《おとず》れる家に何が隠《かく》してあるかわからない。一人だ、と言われて部屋に行き、複数の男が潜《ひそ》んでいたり、ノーマルな性癖《せいへき》だ、と言っていて自宅に拷問《ごうもん》部屋が用意されていたりしたら目も当てられない。

だから街娼達は絶対に、『客の自宅』には行かない。街娼達の元締めも、そのことはわかっているはずだ。

「……多分、お金だと思う。ものすごいお金を、元締め、もらって……」

ローラが下唇《したくちびる》を噛《か》んだ。アルフレッドは小さく舌打ちする。だとしたら、元締めは最初からエラを選んだのだ。

断れないと知っていて。この『夜の街《ナイト》』以外で生活することができないと知っていて。危険だとわかっていても、受け入れるしかない状況《じょうきょう》であることをわかっていて。

「もし、教会の鐘《かね》が鳴っても戻らなかったら、アリーに知らせて、ってエラ、私に……」

ローラは涙《なみだ》ぐみながらアルフレッドに伝える。アルフレッドは頷いた。エラも危険は十分知っていて予防線を張っていたのだろう。だったら。

助けに行く。

そう言いかけた口を塞いだのは、オリビアの声だった。

『危ないことだけはしないでよ！』

必死な目で訴《うった》えられたオリビアの言葉。彼女は繰《く》り返し言った。もう、守れないのだ、と。守る力がないのだ、と。

そんなことはない。ただ、隣にいてくれればいいのに。いつものように、自分に笑いかけ、共に肩を並べてくれるだけで。

それだけで、自分は強くなれるのに。誰よりも。

二人なら、なんだってできるのに。

「……アリー……」

言葉をこらえたアルフレッドに、ローラが戸惑ったように声をかける。アルフレッドは強く拳《こぶし》を握《にぎ》りしめた。

危険だ、とは思う。自分を引き寄せるための罠《わな》のような気もする。だが。

エラを、『夜の街《ナイト》』にしかいられなくしたのは、他《ほか》ならぬアルフレッドだった。

情夫から引き離すためとはいえ、この『夜の街《ナイト》』でしか商売できないような状況にしたのは、自分自身の判断だ。結果的にそれが今、裏目に出ている。

「……行く。どこ？　あいつらの宿舎は」

アルフレッドはきっぱりと告げた。自分自身で始末をつけねば。ローラは頷《うなず》いて口を開いたが、「待って」と幼い声が上がる。リリーだ。

「オリバーを連れて行った方が良《い》いよ！　オリバー、どこにいるの？　アリー知らないの？」

不安げな声でそう言われた。慌《あわ》てたようにローラも続く。

「そうね。それがいい。オリバーは？」

アルフレッドは口を引き結ぶ。中央に寄った眉根に、ローラもリリーも口を閉じた。アルフレッドが何か言ったわけではない。彼らも何かを聞いたわけではない。

だけど、察した。アルフレッドは何かを決意したのだ、と。

「教会の鐘はさっき鳴ったわよね」

確認《かくにん》するように尋《たず》ねた。ローラは慌てて頷く。夜九時の鐘だ。修道士達はこの鐘を鳴らした後、今日一日を振り返って主に祈《いの》りを捧《ささ》げる。そして、眠《ねむ》るのだ。次に鐘が鳴るのは朝の五時。

「場所を、教えて。エラを助けに行く」

アルフレッドの強い眼差《まなざ》しに見つめられ、ローラは戸惑いながらも『魔術師と猟犬』が借り切っている宿舎の場所を告げた。


「それでね、オリビア」

呼びかけられ、オリビアは目を瞬かせた。

馬車の窓から流れ行く夜景を眺《なが》めていたオリビアは、慌てて「はい」と返事をする。

「この後の予定のことだけど」

アレクシアが苦笑《くしょう》しながら話しかけるから、オリビアは恥《は》じ入った。自分は彼女の護衛騎士《きし》として同行しているというのに、完全に上の空だったのだから。

「はい」

深く首肯《しゅこう》し、斜《なな》め向かいに座るアレクシアを見る。

数十分前に、他国との貿易交渉《こうしょう》を終えたばかりとは思えないほど、彼女はまだ元気だ。ユリウスの意向と他国の思惑《おもわく》が違ったらしい。予定よりも数時間押しての協議だったが、彼女は理性を失わず、ただ淡々《たんたん》とユリウスの指示した内容を粘《ねば》り強く訴えた。

『どうでしたか』

会場から出てきた彼女に、思わず声をかけたのだが、他国の交渉人が憔悴《しょうすい》しているにもかかわらず、アレクシアは疲《つか》れも見せなかった。にこりと微笑《ほほえ》み、『まだまだ、これからよ』と言ってみせる。その肝《きも》の太さに、オリビアは舌を巻く。

「ユリウスが、何か面白《おもしろ》い催《もよお》し物を企画《きかく》しているんですって」

真面目《まじめ》な顔でそう言われ、オリビアは肩《かた》すかしを食らったように、「はぁ」と呟《つぶや》いた。

「まぁ、あの人の考えることだから、あんまり期待はしていないんだけどね」

アレクシアは肩を竦《すく》める。

「貴女《あなた》も一緒《いっしょ》にどう？　見物してみない？」

澄《す》んだ笑《え》みを浮《う》かべた彼女に、返答を躊躇《ためら》う。

領主館での催し物となると、ひょっとしたらアルフレッドが同席する可能性がある。

馬車の窓から見える灯《あか》りは、『夜の街《ナイト》』の街灯だ。アレクシアが外出することを彼も知っているから、今日はコンラッドを供に、『夜の街《ナイト》』に出かけている可能性もある。

だが、もし予想が外れ、館内にいる彼と顔を合わせたら、考えただけでも最悪の状況だ。

「……すみません。母が心配するので、今日は帰宅します」

オリビアは俯《うつむ》いて答えた。母を言い訳に使う自分に嫌悪感《けんおかん》を覚えるし、アルフレッドから逃《に》げ回る自分に対しても情けなさを覚えていた。

「そう。それは残念だわ」

アレクシアは気を悪くするでもなく、そう応じてくれる。

オリビアは、彼女の視線から逃《のが》れるように、顔を窓に向けた。鏡面化した窓に映るのは、自分の顔だ。

情けなく眉を下げ、自信なげに瞳《ひとみ》を揺らし、項垂《うなだ》れた姿がそこに映っている。

――……逃げることはないのよ。

その顔に向かって、叱《しか》りつけてみる。アルフレッドとは幼馴染《おさななじ》みだ。そう思い込め。気づいた感情については、押しつぶして隠せ。知らん顔をしろ。

今までのように過ごすのだ。

兄妹《きょうだい》のように、ケンカしたり、笑い合ったり、共に泣いたり。

兄と慕《した》ったときもあった。手のかかる弟のように思ったこともあった。油断ならない双子《ふたご》のように感じたこともある。

そのままで、過ごせば良い。理性はそう言う。指導する。決めつける。

だが、違うのだ。身をよじってオリビアは叫《さけ》びたい。

「兄妹」だと思えていたならよかった。弟だとかわいく思っていればよかった。双子のようだと、無邪気《むじゃき》に笑い合えていればよかった。

だが、自覚したのだ。

自分の心の根底に流れるこの思いが、「きょうだい愛」ではないと。

アルフレッドに抱《いだ》いているこの感情は「恋心《こいごころ》」だと。

そう、気づいた今。

――顔を、合わせられない……。

思わずまた、俯く。

だいたい、逃げ出したのは自分なのだ。今から思い返せば、アルフレッドは何度か助け船を出してくれていた。『隣《となり》にいろ』とか、『離《はな》れるな』とか。

だが。

逃げ出したのは自分だ。

彼を守る力もない。彼を支える術《すべ》もない。彼の隣に並び立つほどの自信があるわけではないオリビアは。

結局、逃げ出したのだ。

――……だ　け　ど　……。

気づけば眉根《まゆね》が寄っていた。

それを差し引いても、あの、アルフレッドの言動は許されるものではない。

自分の所業を「悪かった」のたった一言で済ませ、それ以降は意見を押し通そうとした。おまけに、コンラッドを引き合いに出し、「あの態度はなんだ」となじり始めたのだ。

こちらから言えば、シンシアの件が片付いていないのに、その言いぐさはないだろう。

しかも突然、キスしてきた。多分、「キス」などと思っていない。本人は、「うるさいから黙《だま》らせてやった」ぐらいに思っていることだろう。

――乙女《おとめ》の唇《くちびる》をなんだと思ってんのよ……っ！

思わず乗馬用手袋《てぶくろ》を嵌《は》めた拳をきつく握りしめる。

本来、彼女は護衛騎士なので、馬車を守るため騎乗で付き添《そ》ったのだが、『話し相手になって』と言われて、帰りはアレクシアの馬車に同乗している。オリビアが乗ってきた愛馬は、同僚《どうりょう》が引いてくれていた。

「もうすぐ、教会の鐘《かね》が鳴るわね」

話しかけられ、オリビアは慌てて顔を窓からアレクシアに向けた。彼女の黒い瞳が柔和《にゅうわ》に細まる。オリビアは曖昧《あいまい》に頷き、「そうですね」と呟いた。アレクシアはしばらく無言でそんなオリビアを見つめていたが、「あのね」と切り出した。

「アンの代わりの侍女《じじょ》を、ってユリウスにお願いしたら、『オリビアはどうだ』って言われて」

アレクシアはくすり、とオリビアを見つめて笑った。

「冗談《じょうだん》なのかと思ったら、貴女が本当にやって来るし。まぁ、護衛騎士として、だけど」

オリビアは居心地《いごこち》悪く首を竦めた。

「アルの護衛騎士を降りたい、って言ったらしいけど……。どうしたの？」

いきなり切り出され、オリビアは俯いた。言葉を発することもなく、黙る。『護衛騎士を降りた経緯《けいい》』については、ユリウスから聞かされていないのだろう。オリビアも言うつもりはなかった。静かな街道《かいどう》では、馬の呼吸音と、車輪の音しか聞こえない。

「オリビア」

するり、と柔《やわ》らかな感触《かんしょく》が頬《ほお》に触《ふ》れ、オリビアは驚《おどろ》いて目を瞬《またた》かせる。アレクシアが、オリビアの両頬を包むようにして、顔を上げさせた。

「私も、ユリウスも。もちろん、貴女の両親も。みんな、貴女のことが大好きよ」

落ち着いた光を宿す瞳が、オリビアを真っ直《す》ぐに見ている。ふわり、と陽《ひ》だまりのようにアレクシアが微笑んだ。

「貴女が幸せになるように祈ってる。だからね、オリビア」

アレクシアは顔を近づけ、こつり、と額を合わせた。

「何か心配事があるのなら、私に話してみる？」

アレクシアの言葉が呼気に乗り、オリビアの睫《まつげ》を揺らす。肌《はだ》に触れて雪のように蕩《とろ》けた。

「どうしたらいいのか、わからないんです」

気づけば、震《ふる》える声でそう言っていた。

喉《のど》の奥が嗚咽《おえつ》で震える。こらえていたのに、涙《なみだ》が頬を伝った。

オリビアは座席から腰《こし》を浮かせ、アレクシアに抱き着く。抱き着くというより、しがみついた。ぎゅっとアレクシアの胸に顔を押し付ける。吸い込んだのは、懐《なつ》かしいアレクシアの香《かお》り。

まだ、オリビアが幼かった頃、領主館で顔を合わせてはアルフレッドと一緒に抱《だ》きしめてくれたアレクシア。

彼女の香りが、そのときの記憶《きおく》を一気に呼び戻《もど》す。

一緒に走り回っていたアルフレッド。勝負ごとに負けては、「次は勝つからな」と口をとがらせて怒《おこ》るアルフレッド。いたずらを仕《し》掛《か》けて、家令に見つかり、二人で逃げ出したこともある。

いつも自分の隣には、アルフレッドがいた。

笑っているときも、怒っているときも、悩《なや》んでいるときも。隣で共に笑い、共に怒《いか》り、共に悩んでくれた。それが、普通《ふつう》だと思っていた。それが、続くのだと思っていた。だが。

アルフレッドの隣を離れた今、まるで片翼《かたよく》を失ったように頼《たよ》りなく、そして、飛び立てない。

こんな状態で自分は、次の『居場所』を見つけ出せるのだろうか。

そう思った途端《とたん》、固く閉じた瞳から一気に涙があふれ出す。こらえていた嗚咽が口から漏《も》れた。ふわりとぬくもりを感じたと思ったら、アレクシアがオリビアの背中に腕《うで》を回して抱きしめてくれている。

「どうしたの？」

尋《たず》ねられ、オリビアは泣きながら話した。話し続けた。

実は内緒《ないしょ》で『夜の街《ナイト》』に行っていたこと。そこでいろんな大人や、子どもに出会ったこと。二人で、失敗しながらもなんとか『誰《だれ》もが幸せになれる方法』を模索《もさく》していたこと。だけど、自分の力のなさを実感したこと。アルフレッドの足手まといにはなりたくない、と痛感したこと。だから、自分から身を引いたこと。

それなのに。

それなのに、シンシアとアルフレッドが共に並ぶことに、心が痛いこと。アルフレッドを守れるコンラッドが、心底うらやましいこと。

オリビアは泣きながらアレクシアに伝えた。彼女に抱き着き、背中を撫《な》でられ、時々、相槌《あいづち》を打たれながら、オリビアは滔々《とうとう》と語った。自分のことを。アルフレッドのことを。

「ねぇ、オリビア」

どれぐらいの時間が経《た》ったのだろう。長いように思ったが、意外にそうでもなかったのかもしれない。まだ、教会の鐘は鳴っていなかった。

オリビアは呼びかけられて、顔を上げる。涙に濡《ぬ》れてにじんだ視界で、アレクシアの笑《え》みは鮮《あざ》やかだった。

「なぜユリウスが退位したのか知っている？」

尋ねられ、オリビアはおずおずと「多少……」と応じる。詳《くわ》しいわけではないが、世間が噂《うわさ》する程度ならオリビアも知っていた。

ユリウスとアレクシアが恋仲《こいなか》になったときには、ユリウスはすでに王として君臨していた。そのため、「正妃《せいひ》」として、他国の血を引く女性を迎《むか》えることに、反対意見が多数あったのだという。そこでユリウスはあっさり退位し、海港都市ルクトニア領主に封《ほう》じられ、アレクシアと正式に結婚《けっこん》したのだ。

「初めてユリウスと会ったとき、なんてわがままで横暴で、口が悪く、自分勝手で、とんでもない男だと思ったのよね」

アレクシアは朗《ほが》らかに笑って言うが、その内容に目を丸くする。自分の前では、そして、他人の前では、多少気むずかしいところはあるが、品行方正で聡明《そうめい》で、気品高く美しい『前国王ユリウス』が。

「……あんまり、アルと変わらない……」

思わずつぶやくと、アレクシアはさらに笑う。

「そりゃそうよ。親子だもの」

そう言われて、オリビアは噴き出した。途端に、目の端《はし》から涙の残滓《ざんし》が零《こぼ》れ落ち、アレクシアは微笑《ほほえ》みながら、指先でそれをぬぐってくれる。

「出会った当初は彼の家庭教師として雇《やと》われたのだけど。彼に恋して、彼も私に恋して……」

アレクシアは小さく息を吐《は》く。

「だけど、亡命貴族の娘《むすめ》である私が彼の側《そば》にいることはできない、って思ってた。ずっと」

だから、と彼女はオリビアを見て口角を上げた。

「逃《に》げ出したの。隠《かく》れて、潜《ひそ》んで。家族にも連絡《れんらく》をとらずに……。決して彼に見つからないようにしていたの」

「どうして……？」

ユリウスがアレクシアに絶大な信頼《しんらい》や愛情を寄せているのはオリビアも知っている。ユリウスを信じて、側にいればいいのに。オリビアの思いに気付いたのか、アレクシアは「うーん」とうなって肩《かた》を竦めた。

「足手まといになりたくなかったの。どうせ、この容姿じゃ国王の『正妃』にはなれないから。だけど、ユリウスはきっと強引《ごういん》にどうにかしようとするだろうから……」

アレクシアは微笑む。「逃げ出したの」と。

「でも」

オリビアはすがるように先を促《うなが》した。

「でも、アレクシア様は、ユリウス様のお側に今もいらっしゃるでしょう？」

「だって、追いかけてくるんだもん」

アレクシアが陽気に笑った。

「ウィリアムに国中を走らせたり、私が頼っていた大司祭様を拷問《ごうもん》にかけようとしたりして、必死であの男、私を追いかけてくるのよ」

アレクシアはそう言うと、可笑《おか》しそうにやっぱり笑う。

「おまけに、『お前は俺のものだから』とか勝手に所有権を主張し始めて、あっさり退位するし、さっさと結婚の手続きを進めちゃうし……。もうね、諦《あきら》めたの」

アレクシアはオリビアの瞳《ひとみ》を見つめた。

「あの人の隣《となり》にいよう、って」

「……となり……？」

オリビアは呟く。アレクシアは力強く頷いた。

「いろいろ悩んだけど。とりあえず、彼の隣にいるって決めよう、って。それで、彼の足手まといにならないようにするにはどうしたらいいだろう、って考えたとき、私の手にあったのは、『語学』と『格技』だった」

アレクシアの言葉のひとつひとつが、オリビアの心を打つ。

隣にいたい。隣にいよう。そのために、どうしたらいいのだろう。

「幸いなことに、ルクトニアは海港都市だったから、語学の面ではユリウスの力になれているし、彼が為《な》そうと思っていることの一助にはなっていると思うの」

だからね、とアレクシアはオリビアに問いかけた。

「貴女《あなた》は、誰の隣にいたいの？」

「……私は……」

脳裏《のうり》にひらめくのはアルフレッドの姿だ。胸に深く広がるのは、桃《もも》に似た甘い香り。

「その人の隣に立つために、貴女には何がある？　切り札は何？」

身じろぎした拍子《ひょうし》に、がちゃり、と佩刀《はいとう》が鳴った。ウィリアムが新しくあつらえてくれた、細身の長剣《ちょうけん》。

瞳をよぎるのは、『夜の街《ナイト》』の住人達。彼と共に悩み、彼と共に喜び、彼と共に笑ったあの場所。彼を支え、自分も支えられた、あの場所。

「オリビア。貴女の手持ちの札《カード》をすべて賭《か》けて、勝負なさい」

アレクシアは、オリビアの両肩をしっかりと支え、顔を覗《のぞ》き込んだ。

「彼の隣に、貴女が立つのはふさわしくない。そう言うすべての輩《やから》を黙《だま》らせてやりなさい」

黒曜石のような瞳が、力強く煌《きら》めく。オリビアは、ユリウスが彼女を大切にする理由を知ったような気がした。

守ってやるだけじゃない。時には助けられ、支えられ、力強くそれでも「私は貴方《あなた》の側を離《はな》れない」。そんな意志を感じるから、ユリウスは困難を乗り越《こ》え、戦えるのだ。

アレクシアが、側にいるから。

「ありがとうございました、アレクシア様」

オリビアはぐい、と丸めた拳《こぶし》で目を拭《ぬぐ》った。晴れた視界の先でアレクシアが艶《あで》やかに笑っている。

「これからどうする?」

悪戯《いたずら》っぽく尋ねられ、オリビアは顎《あご》を上げた。

「私が……。私自身が、隣にいたいと思う人のところへ行きます」

オリビアの凛《りん》とした声にアレクシアは頷《うなず》いた。「わかったわ」。言うなり、馬車の扉《とびら》を開いた。

一気に風《ふ》が吹き込み、ぎょっとしたオリビアは背もたれに上半身を預け、座面に爪《つめ》を立てる。

だが、アレクシアは逆だ。大きく開いた扉から上半身を乗り出し、馭者《ぎょしゃ》を見た。

「止めて！」

「奥様っ！」

悲鳴のような声を上げたのは、オリビアの同僚《どうりょう》でもある護衛騎士《きし》だ。蹄《ひづめ》の音を立てて馬を寄せてくる。

「危のうございます！　御身《おんみ》を中に！」

だが、アレクシアは乱れる髪《かみ》を片手で押さえ、笑った。

「オリビアの馬を用意して！　彼女が出立するから！」

「出立⁉」

目を剝《む》いて護衛騎士が尋《たず》ねる。アレクシアはくすりと笑うと、オリビアを見た。

「自分の居場所を勝ち取りに、ね」

そう言われ、オリビアは腰《こし》を浮《う》かした。父が用意した長剣の柄《つか》を握《にぎ》り、力強くアレクシアを見返す。中腰になりながら、まだ勢いづいている馬車の扉に指をかけた。

「行って参ります！」

オリビアの言葉に、アレクシアは深く頷いた。

第六章　翼を今、取り戻す

「なぁ」

アルフレッドは床《ゆか》に脚《あし》を投げ出したまま、扉に向かって声をかける。しばらく待つが、返事はない。アルフレッドは小さく舌打ちをし、膝《ひざ》を曲げた。スカートから脚がむき出しになるが気にも留めない。この部屋には自分しかいないのだから。

「なぁ！　なぁ！　なぁ！　なぁ！　なぁっ！」

しつこく連呼し、かつ、長靴《ブーツ》の踵《かかと》で無闇矢鱈《むやみやたら》に床を蹴《け》った。開け放った木窓から差し込む月明かりしかない部屋には、アルフレッドの怒声《どせい》と無遠慮《ぶえんりょ》に床を蹴る音が響《ひび》く。

「うるせぇ！」

扉の向こうで自分を見張っているらしい『魔術師《まじゅつし》と猟犬《りょうけん》』が反応する。どん、と揺《ゆ》れるほど扉が殴《なぐ》られた。一発では収まらない怒《いか》りに押されたのか、二度、三度と扉は揺れる。

「なんで、おれがアルフレッド・オブ・ルクトニアだって、わかったわけ？」

アルフレッドは足踏《あしぶ》みを止《や》め、素早《すばや》く尋ねる。手は後ろ手に縛《しば》られたままだが、いざるようにして扉に近づいた。自分を怒鳴《どな》りつけた声はひとつだったが、扉の向こうにいる人間が一人とは限らない。アルフレッドは最大限耳に神経を集中させ、返答を待つ。

だが、返事はない。鼓膜《こまく》が捉《とら》えたのはうんざりしたようなため息と小さな足音。これでは、一人なのか複数なのかわからない。

「なぁ！　なぁ！　なぁ！　なぁ！　なぁっ！」

再びアルフレッドは喚《わめ》いた。今度は両足で床を踏み鳴らす。「うるせぇ！」。即座《そくざ》に反応があった。おまけに、その声とは別の「誰《だれ》だよ。品行方正の大人しい殿下《でんか》だ、って言ったヤツ」という声も聞こえる。まったくだ、とばかりに鼻が鳴らされた。二人だろうか。いやまだ早計だ。少なくとも、一人ではない。それはわかった。

「なんでおれが領主の息子《むすこ》だってわかったわけー？」

アルフレッドが間延びした声を上げた。ついでに、ガンガンと数度また床を鳴らす。捕《つか》まってから何度もこのやりとりを繰《く》り返していた。そろそろ飽《あ》きてきているだろうし、嫌《いや》気《け》がさしているに違《ちが》いない。これだけ騒《さわ》がしくしても、猿《さる》ぐつわもされず、何より暴力さえふるわれない。ノアから指示が出ているのだろう。であれば、この状況《じょうきょう》を活《い》かして情報を集められるだけ集める方が得だ。幸い、エラはアルフレッドと引き替《か》えに無傷で解放されている。あとは自分だけ逃《に》げれば良《い》い。身軽だ。

「あいつ、何発か殴れば黙るんじゃねぇか？」

不穏《ふおん》な声が聞こえ、ドアノブが回転する。しめた、入ってくる。アルフレッドは素早く膝を曲げ、いつでも立ち上がれる姿勢を取る。入ってきたときを狙《ねら》って体当たりを喰《く》らわし、逃げ出そう。そう思った矢先、「おいっ」。別の声がそれを制する。

「『魔術師』達が言っただろう。絶対に手を出すな、って」

「だけどさっきからもう、ずっとうるせえんだよっ。いい加減疲《つか》れたよ、俺はっ」

「余計なことはするなっ」

「どうせノア様や『魔術師』達は、領主を始末しに行ってんだ。まだ時間がかかるさ。わかりゃしねぇ。外から見えないところを数発殴れば大人しくなるだろうさ」

「領主を始末⁉」

思わずアルフレッドは立ち上がろうとした。だが、後ろ手に縛られている上に、立ち上がる際にスカートの裾《すそ》を踏んだらしい。簡単に均衡《きんこう》を崩《くず》し、無様に尻《しり》から床に落ちた。どん、と床が鳴り、「うるせぇ！」とまた怒鳴られ、扉を蹴られた。

「おれが目的じゃないのか⁉　なんで領主のところに行くんだっ」

更《さら》に大声で喚く。だが、今度は返事がない。扉を隔《へだ》て、互《たが》いに押し黙る。アルフレッドは必死に頭を巡《めぐ》らせた。

『これはこれは。再びお目にかかれましたね』

エラを迎《むか》えに来たとき、ノアはそう言って、恭《うやうや》しくアルフレッドに頭を下げてみせた。その隣《となり》にいる仮面を着けた男が、無造作にエラを捕《と》らえている。喋《しゃべ》らないように、見えないように。頭からすっぽりと布をかぶせられていたエラは荒縄《あらなわ》で腕《うで》を縛られ、ただただ怯《おび》え、嗚咽《おえつ》を漏《も》らしていた。

『彼女を迎えに来たの。派遣《はけん》時間は終了《しゅうりょう》よ。延長はなし』

アルフレッドが冷淡《れいたん》に告げると、『そうでしたか』とにっこり笑う。

『では、交替《こうたい》です。彼女は帰り、殿下は我々と共に残っていただく』

アルフレッドはノアが口にした『殿下』という言葉に身体《からだ》を硬直《こうちょく》させる。腕を組み、ノア達を睥睨《へいげい》していたが、明らかに動揺《どうよう》した。それをノアは見逃《みのが》さない。くすりと微笑《ほほえ》むと、大きく手を横に開いてアルフレッドに話しかけてくる。

『聡明《そうめい》で麗《うるわ》しく、「夜《ナイ》の街《ト》」の誰からも慕《した》われている、我らの殿下』

その語尾《ごび》にエラの泣き声が被《かぶ》さった。すでに恐慌《きょうこう》状態になりつつある。アルフレッドは彼女を一瞥《いちべつ》し、下唇《したくちびる》を噛《か》む。多分もう、限界だ。

『我々は何も殿下に危害を加えようとは思っていません。ただ、側《そば》にいてくだされば良いのです』

『何が目的だ。金か？』

アルフレッドが言葉をぶつける。ノアはくすりと笑った。

『まぁ、それも魅力的《みりょくてき》ではありますが……。今一番、心をくすぐるのは、殿下の存在ですよ』

ノアは小首を傾《かし》げるようにしてアルフレッドを見やる。

『殿下は、非常に興味深い。誘拐《ゆうかい》の末に殺そうと思ったが、実に惜《お》しい。我らの薫陶《くんとう》を受けさえすれば、「新しい世界」の王にふさわしい人物だ』

くつくつと笑うと、無言のままのアルフレッドに話しかける。

『殿下が我々の指示に従うのなら、彼女を無事解放しましょう。なぁに。怖《こわ》い思いをしたかもしれませんが、我々が与《あた》える、「ほんの少し心の軽くなるお薬」を飲めばいいのです。そうすれば、彼女はここでの一切《いっさい》を忘れる。そして、無傷だ』

『……断れば？』

アルフレッドの言葉に、ノアは邪気《じゃき》のない笑顔《えがお》を見せた。

『我々は、人体解剖《かいぼう》にも大変興味があるのですよ』

灰緑色の瞳《ひとみ》を細め、ノアはアルフレッドに告げる。

『生者でも、問題ありません。裂《さ》けば死者です』

そう言ってエラの腕を荒っぽく摑《つか》む。一際《ひときわ》大きくエラが悲鳴を上げた。『止めろ！』。アルフレッドは地声で怒鳴る。スカート部分を摑み、たくしあげる。どん、と長靴《ブーツ》の踵で足踏みをした。

『逃げも隠《かく》れもしない。アルフレッド・オブ・ルクトニアは、お前達と共にいよう。その代わり、彼女を解放しろ』

『仰《おお》せのままに』

ノアは満面の笑みで深々と頭を下げ、背後の男達も一様に彼に倣《なら》った。

こうして、アルフレッドは彼らに拘束《こうそく》され、この二階の一室に閉じ込められたのだが。

——……おれ自身が目的じゃないのか……？

てっきり、金目的だと思っていた。なんらかの理由で自分の素性《すじょう》を知った『魔術師と猟犬』達が、自分を誘拐し、身の代金《しろきん》を要求するのだ、と。そういう誘拐集団なのだと思っていた。まさか、ユリウスの命まで奪《うば》うつもりだとは想像もしていなかった。

「……なぁ」

アルフレッドは慎重《しんちょう》に声をかける。さっき聞こえた声は三人だった。じっくりと応答を待つ。扉越《とびらご》しに返事はない。音もしない。だが、アルフレッドは柔《やわ》らかな声音《こわね》で話しかけ続ける。

「なんでおれが、領主の息子だって気づいたんだ？」

先ほどのようなぞんざいな言葉遣《ことばづか》いではなかった。親しみを込め、柔らかな口調で。そして発音に気を付けた。人が警戒心《けいかいしん》を解く声音というのは存在する。アルフレッドは経験的にそれを知っていた。扉の向こうでは明らかにこちらを意識している気配がある。

「自慢《じまん》じゃないけど今まで女装がバレたことなかったんだよな。なんでわかったんだろう。それが不思議でさ」

アルフレッドは陽気に、気さくに尋《たず》ねる。「結構美人だろ」、「酔《よ》っ払《ぱら》いなんて皆《みな》おれに声をかけたぜ」と軽口を叩《たた》くと、扉の向こうから笑い声が上がる。

「確かに。ノア様に指摘《してき》されるまで俺達もあんたのことを『レディ』だと思っていたからな」

「手を出さなくて良かったよ」

男達の軽口に、アルフレッドが「お互いにな」と返す。同時にどっと笑い声が聞こえた。

「子音《しいん》らしいぞ」

軽口を叩く雰囲気《ふんいき》で扉の向こうから言葉が投げられた。「おい」。流石《さすが》に叱責《しっせき》の声が続くが、

「いいじゃねぇか」と三人目が制した。

「構うもんか。どうせ、こいつは一生俺達の側にいるんだ。問題ない」

呟《つぶや》くようにアルフレッドが「子音?」と尋ねる。

「全然俺は気づかねぇがな。あんた、子音に訛《なま》りがあるのか?」

扉越しに聞こえる言葉に、アルフレッドは曖昧《あいまい》に応じた。

正確には、「訛りがあった」だが、訂正《ていせい》するつもりはない。扉の向こうからは、「そういえば誰それの訛りがひどい」「アイツの場合は、別言語だ」という会話と笑い声が聞こえる。アルフレッドはその言葉を聞きながら、ひとつの結論に思い至った。

自分の子音訛りを知っているのは、王都の王子達しかいない、と。

——あいつらめ……。

ぎり、と奥歯を食いしばった。自分やユリウスを狙うとしたら、王位継承権《けいしょう》の問題か。すでに放棄《ほうき》しているというのにしつこく命まで奪おうとするのは自分達の無能をさらけ出すことだというのに、なぜそれに気づかないのだろう。

『お前、言葉が変だな』

そう言ってからかわれたのは、まだ年が二桁《ふたけた》にならない頃《ころ》だった。

ユリウスに付いて王都に行くたび、王子達から嫌《いや》がらせを受けた。最初こそ「何か自分に落ち度があったのだろうか」と悩《なや》んだのだが、年を重ねるにつれ、単なる嫉妬《しっと》だと気づく。『さすがユリウス様のご子息』、『やはり前王のご子息は違《ちが》う』。そんな言葉が癪《しゃく》に障《さわ》ったのだろう。事あるごとにアルフレッドにつっかかり、嫌みを言い意地悪をした。

子音の訛りについて指摘されたときも、同じ理由だったのだろう。

母であるアレクシアが外国人だということも影響《えいきょう》したのか、自分では意識しなかったがアルフレッドの子音にはわずかな相違があった。ルクトニア領にいれば誰《だれ》も不思議には思わない。周囲に外国人が溢《あふ》れているからだ。だが、王都では違ったらしい。

王子達はそこを執拗《しつよう》に攻撃《こうげき》し、嗤《わら》い、冷やかした。アルフレッドはだからこそ、細心の注意を払い、いつも発音には気を付けていた。口を開くときは緊張《きんちょう》したものだ。『ユリウスの子としてふさわしい振る舞《ふま》いを』。『母上に恥《はじ》をかかせてはならない』。そんな見えない圧力を感じながら日々生活をしていた気がする。

あの日の朗読会でもそうだった。

王都で開催《かいさい》された私的な朗読会だ。参加者は王とその子達、それからユリウスとアルフレッド。オリビアが何故その場にいたのか、理由はよく覚えていない。それぐらい昔のことだった。多分、ウィリアムがユリウスの側に控《ひか》えていたからその関係でいたのかもしれない。初めて見た王都や王城にはしゃぐオリビアを今でも思い出せる。

オリビアはその朗読会に、愛らしい橙色《だいだいいろ》のドレスで参加していた。いつもと違い、よそ行きのつん、と澄《す》ました顔が愛らしかった。その姿を見て、なんだか和《なご》んで心が緩《ゆる》んだ。

だからだろうか。

その朗読会で、アルフレッドが詩の朗読を披露《ひろう》したときだ。

とある子音の発音で、王子達が一様に噴き出した。一瞬《いっしゅん》口を止めて周囲を見回す。失敗した、とすぐにその雰囲気に気づいて冷や汗《あせ》が流れた。子音だ。訛りがあるあの子音。気を付けなければ。そう思って続けるのだが、王子達の失笑は次第《しだい》に爆笑《ばくしょう》に変わる。恥《は》ずかしさのあまり下唇を噛んで俯《うつむ》いたときだ。

『何が可笑《おか》しいの！』

怒声《どせい》を上げて王子達につっかかったのは、オリビアだった。ドレスの裾《すそ》を蹴散《けち》らして躍《おど》り出ると、両腰《りょうごし》に手をついて王子達を睨《にら》み付ける。

『人を笑うなんて、あなた達卑怯《ひきよう》で無礼だわ。アルに謝って！』

今まで人に、ましてや自分より身分も年も下の人間にそんなことを言われたこともなかったのだろう。王子達は一様に呆気《あっけ》にとられた顔でオリビアを見ていた。

『アルの何が変なのか知らないけど、あんた達がお馬鹿《ばか》で失礼だってことはわかったわ』

オリビアは燃えるような目で王子達にそう言い放つと、『今すぐ謝れ』と命じた。その勢いと高圧的な態度に、その場にいた誰もが凍《こお》り付いたようにしばらく動けなかったのだが、ユリウスが小さく笑い出す声で、止まっていた全《すべ》ての時間が動き出した。

『こらこら、オリビア。ダメじゃないか』

慌《あわ》ててウィリアムがオリビアの下《もと》に駆《か》けつけ、抱《だ》き上げる。『放して、お父様』と暴れる娘《むすめ》を小脇《こわき》に抱《かか》え、ウィリアムはぺこりと王子達に頭を下げた。

『すみません。娘は正直者なもので……。ついつい本音が』

そう言った側《そば》からオリビアが『そこの馬鹿共、謝れぇぇぇ』と叫《さけ》ぶ。怒《いか》りに顔を深紅《しんく》にした王子達が椅子《いす》を蹴《け》っていきり立つが、ユリウスと現王であるエドワードは大声で笑った。

『すまん、すまん。うちの領には正直者しかおらぬものでな』

ユリウスが肘掛《ひじか》けに頬杖《ほおづえ》をついて王子達を一瞥《いちべつ》する。エドワードはそれに応じて首肯《しゆこう》すると、深く椅子に腰《こし》を掛けた。足を組んで息子《むすこ》達を眺《なが》める。

『文句があるならあの親子と剣《けん》で勝負するがいい。ただし、相手は「ユリウスの死刑執行人《しけいしつこうにん》」

だ。気を付けろよ』

流石に王子達は顔色を失って立ち尽《つ》くした。世間知らずではあっても、その異名も勇名も知っている。戸惑《とまど》う自分達の前で、ユリウスとエドワードは暢気《のんき》に、『お前の息子達は強いのか』『いや、知らん。だが、戦わせてみたらわかるだろう』と会話をしている。どうやら真剣に戦わされるらしいと気づいてすくみ上がったとき、敵《かな》うはずもない相手は、暴れまくる娘の対応に苦慮《くりょ》していた。

『ちょっと、じっとしなさいっ。もうっ。閣下。申し訳ないですが、失礼します』

ウィリアムは娘を抱えたまま何度もユリウスに頭を下げた。ユリウスは無言で手を振る。ほっとしたようにウィリアムはオリビアと退室するが、彼女の口を閉じさせるつもりはなかったようだ。部屋を出る最後の瞬間まで、オリビアは『謝れ、馬鹿ぁぁぁっ』と叫んでいた。

『ウィリアムが出て行ってしまったから、対戦はないな』

ユリウスはため息交じりにそう呟くと、アルフレッドに視線を向けた。

『詩の続きを読みなさい』

はい、と返事をするアルフレッドに頷《うなず》き、今度は視線を王子達に転じた。蕩《とろ》けるような、匂《にお》い立つほど甘い笑《え》みを口の端《はし》に浮《う》かべ、ユリウスは王子達に言う。

『次やったら、殺す』

王子達は大人しく椅子に座ると、朗読会が終了《しゅうりょう》するまで口を開くことはなかった。

――あれ以来だな……。

アルフレッドは知らずに笑みこぼれた。

オリビアの前でだけは、発音のことを忘れた。「どう見られたいか」とか「どう思われたいか」ということを意識せず、ただただ「ありのままの自分」でいられた。オリビアの前では俗《ぞく》語《ご》は使うし、発音なんてでたらめだ。思ったことを全部口にして、楽しければ笑い、悔《くや》しければ泣いて怒《おこ》った。その風情《ふぜい》はとてもではないが、『前王ユリウスの息子』には見えないだろう。『殿下《でんか》』だとは思えないだろう。

だが、オリビアは自分の側にいた。離れなかった。隣《となり》にいてくれた。

――だから、あのときも発音なんて気にしなかったな……。

口に乗せた笑みは次第に苦さを帯びる。アルフレッドは今度こそ慎重《しんちょう》に立ち上がりながら、小さく息を漏《も》らした。そうだ。ノアに初めて会ったあの晩。自分はオリビアの前だということもあって、発音に気を配らなかった。

――今度から、もっと慎重にならないと……。

扉越しに男達の会話を聞きながら、アルフレッドはゆっくりと窓に近づく。みしり、と床《ゆか》が鳴ったが男達は気にも留めていない。この部屋から出られないと思っているのだろう。月明かりに引かれるようにアルフレッドは木窓に近づいた。

――二階、か。

腰を折り、下を覗《のぞ》く。地面との距離《きょり》はかなりある。直接飛び降りればただでは済まないだろう。つまらなそうに鼻を鳴らし、アルフレッドは瞳《ひとみ》を彷徨《さまよ》わせる。どこか、経由できるような木や庇《ひさし》はないだろうか。そう思った彼の目が捉《とら》えたのは、東側に見える屋根だ。満月のお陰《かげ》で夜だというのに光量がある。張り出すように見えるその屋根は、茅葺《かやぶ》きだった。倉庫なのか馬小屋なのか。ここからでは確認《かくにん》できないが、一度あの屋根に飛び降り、そこから地面に下りるというのはどうだろう。アルフレッドは目測で距離を予測し、ひとつ息を吐《は》いた。「よし」。気合いを入れるように呟《つぶや》く。

――となれば、あとはこの縄《なわ》を解《ほど》きたい……。

いくらなんでも後ろ手に縛られたまま飛び降りるのは無茶《むちゃ》だ。部屋を見回すが、何も見当たらない。本当に監禁《かんきん》目的の場所なのか、家具すらない。

――オリビアがいたら剣を持ってるのに……。

思わずそう考えて首を横に振る。いないのだ、もう。今後一切《いっさい》彼女は自分の隣にいない。それを、彼女自身が、自分で決めたのだ。

――これからは、小刀ぐらいは持ち歩こう。

そう思って深く息を吐いた。

剣は苦手だ。この前はオリビアに勝ったが、それは体格の問題だと思っている。多分、性別に差がなければ今でも自分は彼女に勝てないだろう。アルフレッドは剣よりも格技が得意だ。

アレクシアの母国の技《わざ》でもある、関節を攻撃し、投げ、締《し》める技の方が身体《からだ》を動かしやすい。

その格技は、基本『武器は使わない』。使うとしたら、相手から奪《うば》う。最初から持っていたら相手に警戒《けいかい》される。徒手空拳《としゅくうけん》であれば相手は油断する。その隙《すき》をついて攻撃するのだ。だから
アルフレッドは武器を携帯《けいたい》していない。

――さて、どうしようか。

定石通り動くなら、扉《とびら》の向こうの男達から武器を奪い、ここを脱《だっ》するしかない。早く領主館に戻《もど》り、父親にこの事態を報告せねば。

なんと言って彼らをこの部屋に引き込もうか。急病でも装《よそお》うか。彼らはどうやら自分を「このままの状態」で監禁せよ、と命じられているようだ。ならば、『異変』を起こしてやれば良《い》い。アルフレッドが、すう、と息を胸に吸い込んだときだ。

最初に鼓膜《こまく》が捉《とら》えたのは、軽い足音と金属音だった。

軽《かろ》やかな足取りは階段を駆け上がるそれだ。耳につく高音域の金属音は、拍車《はくしゃ》の鳴る音だと気づく。

次に聞こえたのは、男の悲鳴だ。短く、だが獣《けもの》じみた音声。アルフレッドは素早《すばや》く扉と向き合う。

何かが、起こっている。

──なんだ……？

仲間割れか。咄嗟《とっさ》に思った。途端《とたん》に重い打突《だとつ》音とうめき声が扉から漏れ聞こえる。ばたばた響《ひび》く足音は最初に聞いた足音とは違《ちが》う。無様に蹈鞴《たたら》を踏《ふ》み、遠ざかろうとしたが、再度打突音が聞こえた後、ぴたりと止《や》んだ。

──何が……、起こっている……？

アルフレッドは空気ごと息を呑《の》み込んだ。脚《あし》を肩幅《かたはば》に広げ、つま先に重心を乗せる。

目の前でゆっくりとノブが回転した。

入ってくる。

何かはわからないが、今、目の前にそれは来る。

改めて自分を見下ろした。チュニック姿で軍靴《ぐんか》。武器になりそうなものは何ひとつ持っていない。攻撃《こうげき》するなら足技しかない。膝《ひざ》を曲げ、体勢を低く取った。一撃《いちげき》だ。最初の一撃で勝負が決まる。

「ねぇ」

少しだけ開いた扉の向こうから聞こえてきた声に、アルフレッドは身体を硬直《こうちょく》させた。

低く攻撃の姿勢を取ったまま、唖然《あぜん》と扉を見つめる。

扉は、アルフレッドの前でゆっくりと開いていった。

廊下《ろうか》には油灯が置いてあったのか、室内より明るいらしい。月光よりも目映《まばゆ》い光が一気に室内に差し込み、思わず目を細めた。瞳孔《どうこう》が収縮する。光反応になれようと、声の主を確認しようと神経を尖《とが》らせた。

視界に映り込むのは、深い藍色《あいいろ》のジャケットと茅色《かやいろ》のトラウザーズ。そして金色の拍車をつけた乗馬用長靴《ブーツ》。黒髪《くろかみ》。緑の瞳。白い頰《ほお》。愛らしい桃色《ももいろ》の唇《くちびる》。

「……オリビア」

アルフレッドは茫然《ぼうぜん》と呟いた。

「自分の身は、自分で守るんじゃなかったの？」

ぱん、と音を立ててジャケットの裾《すそ》を払《はら》うと、彼女は腰《こし》ベルトに両手をついた。つんと顎《あご》を上げてアルフレッドを見る。その翡翠色《ひすいいろ》の瞳は勝ち気な色を纏《まと》わせ、口角には愉快《ゆかい》そうな笑みを湛《たた》えていた。

「うるせえよ」

アルフレッドは思わず噴《ふ》き出した。オリビアだ。オリビアだ。オリビアだ。

――おれの、オリビアだ。

叫《さけ》び出したい声を必死に飲み込んだ。オリビアだ、オリビアだと何度も心の中で繰《く》り返す。

「まーったく。私がいないと、すぐにこんなことになっちゃうんだから。目も離《はな》せないわよ」

オリビアは悪戯《いたずら》っぽく笑うと、芝居《しばい》がかった仕草で肩を竦《すく》めてみせる。大股《おおまた》にガッガッと拍車を鳴らしてアルフレッドに近づき、腰ベルトから短剣《たんけん》を抜《ぬ》き払った。「何が、自分の身は自分で守るよ」。ぶつぶつと文句を言いながら、アルフレッドの後ろに回る。

「縄を切るからじっとしてて。動いちゃダメよ」

アルフレッドは頷く。懐《なつ》かしい声に心が沸《わ》き立った。悦《よろこ》びや嬉《うれ》しさが炭酸の泡《あわ》のように胸の底からふつふつふつと弾《はじ》けて広がる。

「よ、い……、しょっと。ほら、もうこれで」

縄を断《た》つ音をもどかしげに聞いた後、不意に両手が軽くなる。アルフレッドは自由になった腕《うで》をそのままに振《ふ》り返った。オリビアは丁度剣をおさめたところだったらしい。

一瞬《いっしゅん》、目が合った。彼女の緑色の瞳が自分を捉える。不思議そうに、だが、陽気に彼女の瞳が煌《きら》めく。アルフレッドは無言でオリビアを抱《だ》きしめた。

腕の中でオリビアが身体を硬直させる。嫌《いや》なのだろうか、と不安になったが、知るもんかとすぐに開き直る。アルフレッドは更《さら》にオリビアの身体を強く抱いた。

「ローラが心配してたわよ」

オリビアの声が聞こえる。緩やかに彼女の腕が自分の背中に回り、優《やさ》しく撫《な》でた。もう、彼女の身体から強張《こわば》りは消えていた。

「エラを助けに一人で行っちゃった、って。ローラが泣いて大変だったんだから」

なるほど。なんらかの理由でオリビアは『夜の街《ナイト》』に男装で来たらしい。そこでローラに出会い、自分が『魔術師《まじゅつし》と猟犬《りょうけん》』の所に行き、戻ってこないことを知ったのだろう。「うるせぇ」。

オリビアを抱きしめたままアルフレッドは言う。背中にはオリビアの掌《てのひら》を感じる。撫でられるたびに思う。翼《つばさ》が戻った、と。彼女のぬくもりが背に渡《わた》り、緩《ゆる》やかに身体中に伝播《でんぱ》して伸《の》びやかな羽が広がる。

「『片翼《かたよく》』じゃ、調子出ねぇんだよ」

アルフレッドは呟いた。顔をオリビアの首に埋《うず》めているからだろう。声は潰《つぶ》れ上手《うま》くオリビアに聞こえなかったらしい。「ん？」。オリビアが問い返す。

アルフレッドはゆるりと彼女から顔を離し、間近で瞳《ひとみ》を見つめた。

「ずっとおれの側《そば》にいろ」

しっかりと、歯切れ良く。だが、訛《なま》りはそのままにオリビアに告げた。

「おれの側から離れるなんて赦《ゆる》さない。お前はおれのものだ」

翡翠よりも貴《とうと》く、新緑の葉よりも目映い瞳を見つめる。つるり、と光沢《こうたく》を帯びた彼女の瞳には自分の真剣な顔が映っていた。「まるでユリウス様みたい」。不意にオリビアが破顔する。

「ま、いいか。私もアルの側にいないと心配だしね」

顎を上げ、斜《なな》めに自分を見上げてオリビアはふふん、と勝ち誇《ほこ》ったように笑った。アルフレッドはその表情を見て噴き出す。声を立てて笑った後、意地悪な表情で見下ろした。

「んだよ、それ。他《ほか》の言い方はねぇのかよ。可愛《かわい》げねぇな。嬉しい、とか言えよ」

すぐさま、ふん、と嗤《わら》われた上に、挑《いど》むような視線を向けられる。

「アルこそ、もっとはっきり言ったら？」

切り返され、アルフレッドはぐい、と唇を引き締めた。緩く彼女を腕に抱いたまま顔を近づける。わずかにオリビアが身じろぎをする気配があり、回した腕に力を込めた。呼気が触《ふ》れる距離《きょり》で伝える。

「好きだ。誰《だれ》よりも」

オリビアの睫《まつげ》がかすかに揺《ゆ》れた。唇が開く。「私も」。その返事が吐息《といき》となり、アルフレッドの唇を撫でる。同時に、押し付けた。柔《やわ》らかく温かな彼女の体温が伝わる。腰に回した腕を更に引き寄せ、力強く抱こうとしたときだ。

「……ちょ、待った！」

どん、と両手で突《つ》き放されてアルフレッドはむせた。おもいっきり彼女の掌底《しょうてい》を鳩尾《みぞおち》に喰《く》らう。「お、お前……」。涙目《なみだめ》になりながらもゲホゲホと咳《せ》き込むアルフレッドは、オリビアに「ごめん、ごめん」とぞんざいに謝られた。

「それより、早くここを出よう！　まだあいつらの仲間がいるかもしれないし」

オリビアは腰の佩刀《はいとう》に手をかけ、いつでも鯉口《こいぐち》を切れる状態で室内を見回す。

「コンラッド殿《どの》がおっしゃってたの。王都には、異端《いたん》の技を使う暗殺集団がいる、って」

アルフレッドは動きを止め、真正面からオリビアを見た。オリビアは小さくうなずく。

「たぶん、『魔術師と猟犬』だと思う。あくまで推測だけど、この一件、王都の王子達が……」

「王位継承権《けいしょう》にまつわることか？」

オリビアの語尾《ごび》を食い気味にアルフレッドが尋《たず》ねる。オリビアは慎重《しんちょう》に首を縦に振った。小さく舌打ちし、それから不意に思い出す。

「そうだ……。父上」

口から言葉が漏《も》れた。ノア達は領主館に向かったと聞いた。ユリウスを「始末」するために。

「ユリウス様がどうかしたの？」

驚《おどろ》いたようにオリビアが目を見開く。同時に、荒々《あらあら》しく足音が近づくのを聞いた。

「道中説明する。お前、ここまでどうやって来た？」

口早に尋ねる。「馬」。言うと同時にオリビアは抜刀《ばっとう》した。

「裏手に繋《つな》いでる。そこから見えない？」

中段に構えた彼女はちらりと木窓を見る。アルフレッドは頷《うなず》き、窓枠《まどわく》に取り付いた。視線を巡《めぐ》らせ、オリビアの愛馬を探す。いた。茅葺《かやぶき》屋根の側だ。円筒《えんとう》の耳を震《ふる》わせ何かを感じ取ったのか、馬は顔を上げてアルフレッドを見上げ、ぶふー、と鼻を鳴らした。

――馬を飛ばせば……。

まだ十分間に合う。そう思って振り返ったときだ。

「こいつ……っ」「殺《や》れっ。『生かせ』と言われたのは殿下《でんか》だけだっ」

ふたつの罵声《ばせい》が聞こえた。やはり、仲間がいたらしい。

視界に入ってきたのは、湾刀《わんとう》を振り上げてオリビアに一歩踏《ふ》み込む男の姿だった。「オリビアっ」。慌てて名を呼ぶ。脳裏《のうり》に差し込まれたのは、『夜の街《ナイト》』で短剣を肩《かた》に突き立てられたオリビアの姿だ。思わず彼女に手を伸ばす。

だが、アルフレッドの目の前でオリビアは軽《かろ》やかに数歩下がった。湾刀が振り下ろされる。彼女は完全に間合いを見切っていた。湾刀の先が空を切った瞬間、オリビアは自分の剣を上から叩《たた》きつけ、打ち落とす。軌道《きどう》を変える。慄《おのの》いたように男の目が見開かれる。

その眉間《みけん》にオリビアは剣の切っ先を押し付けた。男が動きを止める。その瞬間を逃《のが》さない。オリビアは右足で、男の胴《どう》を蹴《け》りつけた。くの字に身体《からだ》を曲げ、男が呻《うめ》いた隙《すき》に、今度は峰《みね》を首に叩きつける。衝撃《しょうげき》と動脈の圧迫《あっぱく》でよろめく男の顔めがけて、オリビアは回し蹴《げ》りを叩き込んだ。鈍《にぶ》い音と共に、男は気絶する。

もう一人の男はただ、呆気《あっけ》にとられたようにオリビアを見ていた。なんだこいつ。そんな表情で立ち尽《つ》くしているが、彼女は動きを止めない。一歩踏み込み、峰で男の手首を叩く。鈍い音と共に骨が折れたのだろう。絶対に曲がらない方向を向いた手首を握《にぎ》り、男は悲鳴を上げた。敵《かな》わないと見切りをつけたのか、背を向ける。

「誰か！　誰かっ!!」

廊下《ろうか》を駆《か》け出すその声に、まだ仲間がいることを知った。

「どうする？　玄関《げんかん》は危ないよね」

剣を鞘《さや》に戻《もど》しながら、オリビアがアルフレッドを振り返る。

「……お前、容赦《ようしゃ》ねぇな」

苦笑いを浮《う》かべると、オリビアは晴れやかに笑ってみせた。

「私、絶対にアルを守るって決めたの。どんな手段を使っても、ね」

そう言うオリビアの手を、アルフレッドは強引《ごういん》に引き寄せる。目を丸くする彼女を、軽々と横抱《よこだ》きに抱《かか》え上げた。「ちょ、ちょちょちょちょちょちょ」。慌《あわ》てふためき、足をばたつかせるオリビアを「じっとしろっ」と怒鳴《どな》りつけ、足音荒《あら》く窓まで近づいた。

「どうするの……っ」

オリビアがアルフレッドの首にしがみつく。怯《おび》えた目で窓とアルフレッドの顔を交互《こうご》に見た。アルフレッドはオリビアを抱え直し、にやりと笑ってみせる。

「玄関は危ないんだろ？　じゃあ、ここから出ようぜ」

言うなり、がつりと窓枠に足をかけた。ばさりとスカートの裾《すそ》が乱れ軍靴《ぐんか》の編み上げが露《あら》わになる。「ひぃ」とオリビアが更に顔を寄せてきた。なんだかそれが面白《おもしろ》く、アルフレッドは笑い声を立てる。

「笑い事じゃないでしょ！」

「黙《だま》ってしがみついてろっ」

アルフレッドはオリビアを抱えたまま、夜空に飛んだ。

「扉《とびら》を開けてっ」

オリビアは、駆けながら、『木蓮《もくれん》の間』と名付けられた部屋の前に立つ衛兵に怒鳴った。衛兵達は警戒《けいかい》したように長槍《ちょうそう》を構えたが、相手がオリビアだと気づいて腕《うで》に込めた力を緩める。

「どうした、オリビア」

衛兵の一人が首を傾《かし》げる。オリビアとは顔見知りの騎士《きし》だ。ウィリアムの麾下《きか》にいたのではなかったか。

「ここに『魔術師《まじゅつし》と猟犬《りょうけん》』が来てるでしょう!? 扉を開けて!」

荒い息を吐《は》きながら訴《うった》えた。彼らの背後にある樫《かし》製の扉はぴたり、と閉じられ、音や声は聞こえてこない。領主館の馬回しから二階まで、一気に駆け上がったせいか、流石《さすが》に息が切れた。

衛兵達は顔を見合わせる。

「……まぁ。『魔術師と猟犬』とかいう奇術師《きじゅつし》は今、ここにいるけど」

顔見知りの衛兵が、立てた親指で締《し》め切った扉を指す。もう一人の衛兵も頷いた。

「数日前だったかな。ユリウス閣下の御心《おこころ》をお慰《なぐさ》めしたい、って、自分達を売り込んできたんだよ」

「まさか、それでユリウス様に拝謁《はいえつ》させたの⁉」

オリビアが素《す》っ頓狂《とんきょう》な声を上げると、衛兵達は揃《そろ》って、「しぃ」と彼女に顔を近づける。

「もちろん、直には会わせなかったよ。執事《しつじ》が取り次いで……。なぁ」

促《うなが》され、もう一人の衛兵が何度も首肯《しゅこう》する。

「閣下は、奥様が喜ぶかもしれないから、って今日、お時間を取られたんだよな」

言われて、オリビアは思い出す。そうだ。アレクシアは言っていたじゃないか。ユリウスが催《もよお》し物を企画《きかく》しているのだ、と。

――『魔術師と猟犬』の奇術のことだったんだ……。

焦《じ》れたように扉を見つめるオリビアの目の前で、衛兵達はまだ会話を続ける。

「奥様のため、って言ってたけど……。閣下、新しい物好きだからなぁ」

「自分が一番見たかったんだよ」

そう言って愉快《ゆかい》そうに笑う。

「王都で有名な奇術師が技《わざ》の披露《ひろう》に来ただけだ。ちゃんと、貴族の紹介状《しょうかい》も持っていて、身元は確かだよ」

今にも、ばたばたと足踏《あしぶ》みをしそうなオリビアに、衛兵は長槍にもたれかかりながら、そう言った。

「彼らから、扉を開けてはいけない、と言われているが、そのことはもちろん、閣下も奥様もご存じだ」

「紹介状なんてどうにだってなるでしょう!? とにかく、今すぐユリウス様に会わせて！ ご報告したいことがあるのっ」

オリビアはとうとう地団駄《じだんだ》を踏む。がちゃがちゃと彼女の拍車《はくしゃ》が鳴り、衛兵達は再度口元に、立てた人差し指を押し当てて「しぃ」と促す。

「静かにしろよ。少なくとも、半時は扉を開けるな、って言われてるんだ。奇術のタネがばれるから、と」

「この『木蓮の間』。一番、窓が少なかったな」

背後から聞こえてくるテノールの声に、オリビアは振《ふ》り返る。アルフレッドが眉根《まゆね》を寄せ、顎《あご》を摘《つ》まんで思案している素振《そぶ》りを見せた。

「音楽鑑賞《かんしょう》とかに普段《ふだん》使うよね。音響《おんきょう》のこともあって確かに窓は少なかったかも」

早口でオリビアは答え、焦れたようにくるりとまた衛兵に向き合う。

「ねぇ、ねぇ!! ユリウス様に伝えたいことがあるから、ここを開けてっ」

そう訴えるが、彼らは、ぽかん、とオリビアの背後を見ている。

「……どうしたの」

不思議そうに尋《たず》ねると、衛兵達はオリビアに顔を寄せた。

「……オリビア、そいつ、女、だよな？」「声が、低いんだけど……」

口々にそう言い、再び警戒を露わに槍を構える。オリビアはその様子を見て慌てた。そうだ。アルフレッドは女装姿なのだ。

「ち、違《ちが》うのっ。これはねっ！」

手と首を器用に反対方向に振りながらオリビアが声を発したときだ。どん、と足踏みされて床《ゆか》が揺《ゆ》れた。

「扉を開けよ」

綺麗《きれい》に髪《かみ》を結《ゆ》い上げ、化粧《けしよう》を施《ほどこ》したチュニック姿のアルフレッドが、湖氷色《こひよういろ》の瞳《ひとみ》で衛兵達を睥睨《へいげい》した。

「ルクトニア領次期領主のアルフレッドが父に対して申し上げたいことがある。すぐに、取り次げ」

高圧的で鋭利《えいり》なその声を、彼らは呆然《ぼうぜん》と聞いた。

長槍を取り落とすんじゃないかというほど、弛緩《しかん》した顔でアルフレッドを見つめていたが、再びどん、と足を鳴らされ、震《ふる》え上がって直立する。

「扉を開けよっ！」

目を剥《む》いて怒鳴りつけられ、衛兵達はドアノブに取りすがった。

「アルフレッド様、ご入場！」「オリビア嬢《じよう》、ご入場！」

扉が開ききるのももどかしく、部屋に飛び込んだ二人の背後から、衛兵達の素っ頓狂な声が追いかけてくる。

オリビアは拍車を鳴らし、室内に駆け込んだ。

室内は、薄暗《うすぐら》い。そして、踵《かかと》を打ち鳴らすような打突音《だとつ》がリズミカルに響《ひび》いている。

廊下からの光を背負う形で、オリビアは室内を見た。

一番に目に入ったのは、いくつもの炎《ほのお》の球だった。

男が一人。ステップを踏《ふ》みながら、火球をジャグリングしている。その隣《となり》には青白く光る輪を宙に飛ばし、舞踏《ぶとう》する男が見えた。

一見して。それはまさに、『奇術』の最中だ。踊《おど》り、舞《ま》い、炎を飛ばし、妖火《ようか》を振りまく。

だが、その向こうで。

短剣《たんけん》を振りかざし、今まさにユリウスに襲《おそ》い掛《か》かろうと、ノアが躍《おど》り出た。

「ユリウス様っ！」

悲鳴を上げて駆《か》けようとしたオリビアは、何かに躓《つまず》き、体勢を崩《くず》す。思わず視線を下げた先に、床に倒《たお》れ伏《ふ》す数人の侍従《じじゅう》と騎士の姿が見えた。一人や二人ではない。ざっと十人程度は倒れている。

――何が、どうなって……。

愕然《がくぜん》として立ちすくむ彼女の鼓膜《こまく》を、金属音がひっかく。弾《はじ》かれたようにオリビアは顔を上げた。

椅子《いす》に座るユリウスの前には、父の姿があった。視界の隅《すみ》を何かが光りながらよぎったと思えば、短剣のようだ。ノアの、短剣による一撃《いちげき》を父が長剣で弾き飛ばしたらしい。ノアが舞踏でもするような足さばきで距離《きょり》をとる。追うつもりはないらしい。ウィリアムは興味深そうな瞳のまま、ユリウスの側《そば》から離《はな》れない。

「灯《あか》りを灯《とも》せ！　窓を開けろ！」

背後でアルフレッドが怒声《どせい》を上げる。返事をしたのは扉の前にいた衛兵達だろう。ばたばたと足音荒《あら》く室内に飛び込み、窓に取りすがる。

「窓……が、関係しているの……？　このひと達、助かるの？」

自分の横に並ぶアルフレッドに、オリビアは心配げに声をかけた。床に倒れたままの騎士《きし》や侍従はぴくりとも動かない。アルフレッドは眉根を寄せたまま首を横に振った。「わからん」。ぶっきらぼうに言ったものの、言葉を続ける。

「密室を作りたかったんだろ、こいつら。で、結果的にこうなってるんだから……。『開放すればいい』んじゃないのか？」

窓を開け切った衛兵達が、室内に光を灯していく。オリビアは改めて室内を眺《なが》めた。

広い場所ではない。領主館の中では割りと手狭《てぜま》な部屋ではないだろうか。オリビアの記憶《きおく》の中では、この部屋を使用する目的と言えば、領主夫妻が私的に音楽を楽しんだり、アルフレッドとユリウスが連弾《れんだん》したりすることという印象がある。

そこに、今はユリウス夫妻とウィリアム。そしてコンラッドがいた。

領主夫妻は壇《だん》の上に設けられた椅子に座り、ウィリアムは彼らの斜《なな》め前にいる。その一段下がった場所では、コンラッドが青白い顔で片膝立《かたひざだ》ちになっていた。コンラッドだけではない。よく見れば、アレクシアも顔色をなくしているが、それでもユリウスの腕《うで》をしっかりと握《にぎ》って、状況《じょうきょう》を把握《はあく》しようとしている。

その壇の対面に位置する場所には、大きな黒布で覆《おお》った大掛《おおが》かりな装置が見えた。今は何か弾《はじ》ける水音のようなものが聞こえる。

――奇術《きじゅつ》のタネ、ってこれ……？

薄気味悪《うすきみわる》く眺めていたオリビアだったが、鼓膜を震わせる低音の笑い声に、目を瞬《またた》かせた。

「これは、殿下《でんか》。それに可愛《かわい》い騎士殿《どの》」

バリトンの声に顔を向けると、ノアと目が合った。室内照明を帯び、彼の片眼鏡《かためがね》が鋭利な光を放つ。オリビアが睨《にら》みつけると、庇《かば》うように三人の男達がノアに近寄った。皆《みな》、一様に顔の上半分を隠《かく》す仮面をつけており、真っ黒な装束《しょうぞく》と腰《こし》までの短外套《たんがいとう》を身に着けていた。

「お待ちいただくよう申し上げたのに」

「悪いが、せっかちなんだ。それに」

ノアの言葉を、アルフレッドは嗤《わら》い飛ばす。湖氷色の瞳をノアに向け、片方の口端《こうたん》だけ吊《つ》り上げてみせた。

「お前達の言いなりになるのも癪《しゃく》だ」

なるほど、とノアは笑い、長い指で片眼鏡を軽く押し込んだ。

「これは躾《しつけ》のし甲斐《がい》がある。まずは『マテ』から覚えていただきましょう」

「お前の雇《やと》い主の目的はそれか？　おれを躾《しつ》けたいと？」

アルフレッドは嘲笑《ちょうしょう》する。ノアはその嗤いを、肩《かた》をすくめることでやり過ごした。

「ぼくの雇い主の命令はあっさりとしたものでしたよ。『殺せ』。ただそれだけですな」

ノアは立てた親指で自分の首を掻《か》き切る真似《まね》をした。舌を出しておどけてみせ、「まぁ、そういうことで」とノアは言葉を続けた。

「雇い主に言われた通り、ルクトニア領に奇術師として潜入《せんにゅう》しましてね。『夜の街《ナイト》』に」

ノアは片眼鏡越《ご》しに微笑《ほほえ》む。

「ああいう貧民街は潜《ひそ》むのに良《い》い。おまけに、領主館に近いものですから、標的の動向も探《さぐ》りやすかったんですよ。噂《うわさ》も流しやすい。『王都から有名な奇術師の一団が来た』と。ほら」

ノアはユリウスを見やり、くすりと笑った。

「この閣下は新しい物好きだとお聞きしたのでね。絶対にお声がかかると確信しておりましたよ」

言われて、ユリウスはつまらなそうに鼻を鳴らした。ノアはそんなユリウスを愉快《ゆかい》そうに眺めたが、灰緑色の瞳をアルフレッドに転じる。

「そうやって『夜の街《ナイト》』で、我々はあなた方を眺めていたわけですが……」

ノアは両腕を広げた。

「殿下。あなたはとても面白《おもしろ》い」

片眼鏡の奥で、瞳が鋭利に輝《かがや》く。

「『夜の街《ナイト》』での仕事ぶりは素晴《すば》らしい。思考が柔軟《じゅうなん》で、先入観がない。応用も利《き》く。それに、これは重要だが」

ノアは笑みを深めた。

「あなたは情が深い」

噛《か》んで含《ふく》めるように言う彼を、アルフレッドは斜めに睨みつけた。

「馬鹿《ばか》にしてんのか」

吐《は》き捨てると、「まさか」とノアが声を上げる。

「心の動きなくして世界は変わらない。好奇心《こうきしん》や愛情。知識欲《ちしきよく》が時代を前進させるのです。歴史の環《わ》を巡《めぐ》らせる」

立てた人差し指で宙に螺旋《らせん》を描《えが》くが、瞳は真っ直《す》ぐにアルフレッドに向けられていた。

「殿下はなぜ、『夜の街《ナイト》』の住人を救おうと思ったのです。心が動いたからでしょう。逸《はや》ったからでしょう。情熱に突《つ》き動かされたからではないですか？」

その双眸《そうぼう》を、アルフレッドはただじっと正面から受けている。

「心が硬《かた》い人間には、歴史は動かせない。それに、心が硬い人間というのは、排他的《はいたてき》だ」

そして「ぼくの雇い主のようにね」と笑った。

「現状に固執《こしゅう》し、過去を遡《さかのぼ》り、新しいものを否定する輩《やから》は、我々を理解しようとしない」

ノアは前髪《まえがみ》をかき上げ、その指の隙間《すきま》からコンラッドを一瞥《いちべつ》する。

「自分達の知らぬ知識は『異端《いたん》』だなどと言って迫害《はくがい》し、記録を抹消《まっしょう》し、なかったものにしようとする」

声をくぐもらせてノアは嗤った。

「それなのに、都合の良いときは呼び出して暗殺を指示する。どの口が言うのか。まぁ……」

ノアはのびやかな笑い声を立てた。朗々とその声は部屋に響《ひび》く。

「我々とて金は必要ですから、いただくものさえいただければ、如何様《いかよう》にもしますがね」

異端の技《わざ》を使って、と陽気に告げた。

「ねぇ、殿下」

ノアはアルフレッドを見つめ、小首を傾げた。

「この世界を作り替《か》えるのです。『化学』を『異端』などと言って理解しようとしない蒙昧《もうまい》な教会や、血統しか誇《ほこ》れぬ馬鹿な奴《やつ》らを蹴散《けち》らし、我らで、新たな世界を」

ノアは真っ直ぐにアルフレッドを見つめた。目をそらさず、断言する。

「殿下の理想とぼくの理想が混ざり合えば、『新しい国』が生まれる。どうです？」

それからアルフレッドに手を差し伸《の》べた。

「殿下、その国の王になりませんか」

厳《おごそ》かにそう告げたが。

アルフレッドは無言だ。しばらく、むっつりと口をへの字に曲げたままノアを眺めていたが、不意に息を吐いた。同時に声を発する。

「いやだ」

その言い方に、思わずオリビアは噴《ふ》き出しそうになった。

なんという横柄《おうへい》でぞんざいで、尊大な態度か。視界の隅では、猫《ねこ》かぶりの姿しか知らないコンラッドが唖然《あぜん》としている。

「お前の言う国は、なんか歪《いびつ》で美しくない。おれは、おれの道を進む」

はっきりと言い切ったアルフレッドに、ノアは大げさにため息をついてみせた。「惜《お》しいことだ」と呟く。灰緑色の瞳《ひとみ》を巡らせ、仮面をつけた三人の男達に命じる。

「仕方ない。殿下は生かして捕らえようと思ったが、かまわん。指示通り、捨てていこう」

仮面の男達がうなずくのを見るや否《いな》や、オリビアは抜刀《ばっとう》した。

がたり、と椅子《いす》から立ち上がる音は、アレクシアのものだろうか。見て確認《かくにん》する暇《ひま》はなかった。仮面の男達は、長靴《ブーツ》の中から棒状のものを引き出した。見た感じ木製ではない。鉄だ。長さはオリビアの手首から肘《ひじ》ほど。そう長くはない武器だ。頭の中で間合いを計算した途端《とたん》、男達は、手首を返して棒を振《ふ》り切る。

「……え？」

思わず声が漏《も》れた。伸びたのだ。鉄棒が。どうやら伸縮《しんしゅく》自在の武器らしく、蛇腹《じゃばら》になった先《せん》端《たん》が、振り出されることによって倍に伸びたらしい。細身ではあるが、最早《もはや》、剣《けん》と同じ長さだ。男はその棒を片手で下段に構え、腰を低く落としている。見たこともない構えだ。改めてオリビアが目測を行っていると、くすり、と愉快そうな笑い声が耳元で聞こえた。

「お先」

アルフレッドがオリビアを一瞥する。その瞳に、オリビアはむかっ腹を立てた。明らかに馬鹿にしている。

――あいつっ！

地団駄《じだんだ》を踏《ふ》みそうになったオリビアの前で、アルフレッドは素手《すで》のまま男の前に踏み込んだ。

オリビアが息を呑《の》む。それぐらい、無防備に見えた。

だが、アルフレッドはそんな彼女を一顧《いっこ》だにしない。力を抜《ぬ》いた姿勢で立ち向かい、素早《すばや》く間合いに入った。

男が、棒を斜《なな》めに振り上げる。軌道《きどう》がある程度読めているのか、アルフレッドは紙一重《かみひとえ》で避けた。同時に、振り上がった男の腕を右手で捕《と》らえる。男の腕が張る。強引《ごういん》に振り下ろそうとするのに、腕《うで》が動かない。オリビアは、アレクシアに腕を取られたときのことを思い出す。それほど力を入れている様子ではないのに、本当に腕が抜けないのだ。関節を押さえられているからか、無理に動こうとしたら痛みを感じる。

同じように、アルフレッドに腕を掴《つか》まれている男も、苦悶《くもん》の表情で上半身をよじっていた。

その隙《すき》を、アルフレッドは逃《のが》さない。腕を掴んだままくるりと反転し、男を自分の背に乗せる。

「ぎゃあ」と悲鳴を上げたのは、男の肘関節《ひじかんせつ》が可動域と違《ちが》う方向に曲がったからだろう。痛みから逃れるために動いた途端、男の身体《からだ》は宙を飛ぶ。

どん、と勢いよく床《ゆか》に叩《たた》きつけられた男は、それでもすぐに攻撃《こうげき》を防ぐように腹ばいになり、痛めた肘を抱《かか》え込む。追撃をしようとしたアルフレッドだが、空気の動きに気付いて右を向いた。

別の仮面の男が大きく鉄棒を振りかざして飛びかかってきている。

オリビアは駆けた。

咄嗟《とっさ》に身構えたアルフレッドの前に飛び出す。仮面の男が振り出す鉄棒を、自身の剣で上から叩きつける。甲高《かんだか》い金属音が響き、男の鉄棒は軌道を変えた。

「……オリビア」

背後で小さく自分の名前を呼ぶ声がする。

「やっぱり、一人じゃ危なっかしいくせに」

そちらを見やり、オリビアは挑発《ちょうはつ》するように笑った。

オリビアは、背後にアルフレッドを庇《かば》いながら低く剣を構える。

男は舌打ちし、目標をアルフレッドからオリビアに変えたようだ。腰《こし》を低く落としてオリビアに向き合う。どうやら片手で操作する武器らしい。下から上に鉄棒を振りぬくので、オリビアは後退して間合いを取り直す。その動きに、ぴったり男はついてくる。振り上げた鉄棒を、今度は袈裟《けさ》懸《が》けに振り下ろす。避《よ》ける。再び、斜めに振り上げた。鉄棒が重いせいか、唸《うな》るような素《す》振《ぶ》り音が鼓膜《こまく》を撫《な》でる。

——これが、基本攻撃……、かな……。

そこで後退し続けた足を止める。がちゃり、と拍車《はくしゃ》が鳴った。男と目が合う。オリビアはつま先に重心をかけ、前のめりに飛び出した。遠間《とおま》だが、この距離《きょり》なら飛び込める。オリビアは跳躍《ちょうやく》し、素早く男の頭頂部を狙《ねら》った。男は鉄棒を立て、がちり、と真っ向からオリビアの刃《やいば》を受ける。鍔《つば》迫《ぜ》り合いになる。その瞬間《しゅんかん》、オリビアは右足を振り上げ、男の胴《どう》を蹴《け》りつけた。足首に重さを感じた瞬間「うりゃっ」と気合いを入れて振り切る。男は呻《うめ》いて横に吹っ飛び、床に踞《うずくま》って嘔吐《おうと》した。オリビア自身も勢いあまって、身体が反転している。

「相変わらず、えげつねぇ」

アルフレッドが苦笑《くしょう》する。「うるさい」。オリビアが睨みを利《き》かせ、彼の隣《となり》に剣を構えて並んだ。あと、一人だ。

二人の目の前で、残りの一人は膝《ひざ》を曲げ、鉄棒を床に擦《こす》るようにして移動した。オリビアはアルフレッドの位置を確認しながら、そっと間合いを詰《つ》める。

だが。

不意に動き出したのは、ノアだった。

仮面をつけた男と背中合わせになった途端、男は後ろ手に、ノアに短剣を手渡《てわた》す。あの、ウィリアムに薙《な》ぎ払《はら》われた短剣だ。手にするや否や、ノアは駆《か》け出した。

壇までは数歩だ。異変を察知したコンラッドが佩刀《はいとう》に手を伸ばしたが、まだ本調子ではないのか、再び膝から頽《くずお》れる。同時に、アレクシアがユリウスの前に身を滑《すべ》らせる。だが、ノアは止まらない。

「お父様！」

オリビアは叫《さけ》んだ。ノアはたぶん、アレクシアを袈裟懸けに倒《たお》すつもりだ。その返す刀で、ユリウスをひと薙ぎに払おうと思っているのだろう。室内に、オリビアの声が放たれた刹那《せつな》。

ウィリアムが、大きく一歩を踏み出す。

ノアの足が、壇の寸前で止まる。背を反らせた。その顎先《あごさき》を、剣の切っ先がかすめる。ウィリアムの剣だ。

ノアはその剣から、いや、間合いから逃れ出るように、床に片手をつき、素早く後転をした。距離を取り、短剣を構える。だが、攻撃に移ろうとした瞬間、旋回《せんかい》するかのようにウィリアムの剣がノアの身体を急襲《きゅうしゅう》する。

オリビアは息を呑む。久しぶりに父親の剣を見た。

近い。速い。まるで剣先が旋風のようだ。あっという間にノアの間合いに入り、詰め寄る。ノアが舌打ちした。距離が取れないことに焦《あせ》っている。オリビアも舌を巻いた。さっきまでユリウスの前にいたくせに、たった数歩でノアの間合いに入るどころか、打ってかかっている。

ノアが腰ベルトに手を回す。革《かわ》ベルトの間から何かを取り出そうとしているようだが、ウィリアムの斬撃《ざんげき》がその隙を与《あた》えない。それどころか、完全に押されている。いまや、不意を衝《つ》いて攻撃をしかける、という行動は完全に失敗していた。

ノアはウィリアムの剣を間一髪《かんいっぱつ》で躱《かわ》しながら、視線をユリウスに向ける。遠い。近づけない。

「ウィリアム、待て」

椅子に頬杖《ほおづえ》をつき、ユリウスが命じた。

ぴたり、と。ノアの首元で切っ先が止まる。「危ない、危ない」。ウィリアムは、ノアの灰緑色の瞳を見つめて微笑《ほほえ》んだ。

「殺しちゃうところだったよ」

そっと、ささやくような。そんな柔《やわ》らかな声音《こわね》なのに、ノアの額にどっと汗《あせ》が噴《ふ》き出る。

ノアは、呼吸を整えながら、ウィリアムから目を逸《そ》らした。視線の先でユリウスと目が合う。

「お前の雇《やと》い主は誰《だれ》だ」

ユリウスが尋《たず》ねた。ノアは片頬《かたほお》だけ吊《つ》り上げ、彼を見る。

「閣下や殿下《でんか》を邪魔《じゃま》だと思う方々ですよ」

「こんなに派手にしろと命じられたのか？」

呆《あき》れたように言うのはアルフレッドだ。ノアは愉快《ゆかい》そうに笑った。

「こっそり殺《や》るつもりが、いつの間にかこんなことになってしまいましたね、殿下」

「こっそり、ね」

アルフレッドが苦笑を浮《う》かべて室内を見回した。

「お前達の腕を疑うよ」

「これでも、我々は王都では腕利きだったんですよ。ただ」

ノアは肩《かた》を竦《すく》めた。「ルクトニアでは違ったようだ」と。

「しかし……一体何がどうなって、みんな、倒れてしまったんだ」

アルフレッドはそんなノアを眺《なが》め、不思議そうに首を傾《かし》げた。オリビアも同感だ。

床に倒れていた侍従《じじゅう》や騎士《きし》達は、衛兵達に介抱《かいほう》され、どうやら意識は取り戻《もど》したらしい。壁《かべ》にもたれたり、床に踞ったりしてはいるが、瀕死《ひんし》の様子ではなかった。

――倒れた人もいるのに……。ノア達や、ユリウス様、お父様に被害《ひがい》がないのはどうして……？

同じ室内にいたのに、なぜ、こんなに差があるのか。

「石灰石《せっかい》に薄《うす》い塩酸を加え、二酸化炭素を発生させたんです」

ノアは、部屋の隅《すみ》に設置していた装置を、立てた親指で示してみせた。

「一酸化炭素と違い、二酸化炭素は立っている場所が大きく左右しますし、個人差もある」

ノアは、ふふ、と小さく笑い声を上げた。

「殿下。何も、大勢の人数で押しかけ、剣《けん》で刺《さ》すだけが人の命を奪《うば》う方法ではありません。我々が吸っている、この空気」

ノアは両腕を広げ、大きく深呼吸をしてみせた。

「この空気の調整を、ほんの少し崩《くず》しただけで、人は簡単に死にます」

「なかなかに興味深いな」

今まで黙《だま》っていたユリウスは初めて感情を見せ、呟く。思わず身を乗り出したのだが、アレクシアに咳払《せきばら》いをされて、仕方なく背もたれに上半身を預けた。

「閣下。興味がおありなら、また再びお会いしたときにでも、講義しましょう」

愉快そうに笑った後、ノアはユリウスに恭《うやうや》しく一礼をしてみせた。

「しかし、お時間と相成りました。我々はまた、王都の闇《やみ》に深く潜《もぐ》ると致《いた》します」

ノアは上半身を起こすと共に、くるりと肘《ひじ》から腕を回してみせる。拳《こぶし》を握《にぎ》り込み、ぐるぐると何度か回す。

「これは」

ノアが再び皆《みな》の前に掌《てのひら》を開いて示して見せたとき、指の間には、いくつもの白い球を挟《はさ》んでいた。

「硝酸《しょうさん》カリウムに砂糖を混ぜたものです」

ノアは皆の目の前で、その白い球を華麗《かれい》にジャグリングする。「これをね」。そう言い、にっこりと微笑んでみせた。

「加熱すると、どうなると思いますか？」

片眼鏡の奥で、瞳《ひとみ》が収斂《しゅうれん》する。途端《とたん》に室内に、蛇《へび》が威嚇《いかく》するような、空気が漏《も》れるような音が鳴り響《ひび》く。

一気に、白煙《はくえん》が立ち上った。室内が白く染まる。

「アル⁉」

真っ白になる視界の中、思わずオリビアは名前を呼ぶ。彼の無事を確認《かくにん》せねば。そう思った矢先、ぐい、と右手を摑《つか》まれ、引き寄せられた。

「大丈夫《だいじょうぶ》だ」

耳元をテノールの声が流れていく。安堵《あんど》してオリビアがその手を握り返したとき、オリビアの頰は風の動きを感じた。

——何かが、移動している……？

抜刀《ばっとう》したまま、首を巡《めぐ》らせる。

ちらり、と。白煙の中できらめく鋭利《えいり》な光を、オリビアの瞳は捉《とら》えた。目を凝《こ》らす。片眼鏡だ。オリビアが息を吞《の》む。アルフレッドが力を込めて手を握ってきた。

「王都の闇で、また、お会いしましょう。新世界にふさわしい王よ」

白煙が呼気に揺《ゆ》らぐ。灰緑色の瞳がまるで恒星《こうせい》のようだ。

「あなたにぜひ、会っていただきたいお方もいますしね」

「それは……」

誰なの。言いかけたオリビアだが、気配はすぐに消える。

窓から吹《ふ》き込む夜風のせいで、白煙が、徐々《じょじょ》に薄まってきた。

壇を見やると、アレクシアとウィリアムがユリウスの側《そば》に待機しており、侍従達の側にはコンラッドが立っていた。

ただ、ノアと、三人の男達の姿はどこにも見えない。

「……逃《に》げた？」

窓を一瞥《いちべつ》し、オリビアはアルフレッドを見上げる。アルフレッドは、つまらなそうに鼻を鳴らしただけで、答えはしなかった。


「さて、アル。オリビア」

ユリウスが名前を呼ぶ。静かに、だが明確な発声でもって聞く者の心を震《ふる》わせた。二人は並んで顔を壇に向ける。途端に、ユリウスの青金剛石《あおこんごうせき》の瞳で、射貫《いぬ》かれた。

「お前達はいったい何をしていたんだ。やつらとの関《かか》わりや、その服装を含《ふく》めて報告しろ」

アルフレッドはチュニックのスカート部分を握りしめ、ユリウスを見る。

一旦《いったん》口は開いたものの、躊躇《ためら》ったように閉じた。「申せ」。ユリウスが再度短く命じ、アルフレッドは訥々《とつとつ》と語り始める。

オリビアと『夜の街《ナイト》』にたびたび出かけていたこと。女装をして、身分を誤魔化《ごまか》していたこと。そこでいろんな困難を抱《かか》えた人間に会ったこと。

困窮《こんきゅう》する子ども。限定された仕事しかできない大人。閉塞《へいそく》した空気。生まれと環境《かんきょう》が左右する人生を見てきたこと。彼らをなんとかして助けたいとオリビアと奮闘《ふんとう》したこと。

そんな中、偶然《ぐうぜん》出会った『魔術師《まじゅつし》と猟犬《りょうけん》』が、実はユリウスと自分の命を狙《ねら》う暗殺集団だと知ったこと。アルフレッドはゆっくりだが、熱を持った言葉でユリウスに告げた。

「で」

ユリウスは首を傾げる。「お前は、どうしたかったのだ」と。

『夜の街《ナイト》』の住人の……。力になりたいのです」

ぐいと顎《あご》を上げ、アルフレッドはユリウスを見た。

そうやって相対すると、外見上はとても良く似ていると思う。金色の髪《かみ》。碧《あお》い瞳。整った顔立ち。

『閣下のお若い頃《ころ》にそっくりだ』

そう言われるたび、アルフレッドは穏《おだ》やかに微笑《ほほえ》み、「ありがとうございます」と頭を下げていた。だが、腹の中では、『当然だろ。似せているんだからな』と自嘲《じちょう》気味に嗤《わら》っていた。

父のようにならなければ。ユリウスの息子《むすこ》として相応《ふさわ》しい行いをしなければ。

アルフレッドは常に、その考えに縛《しば》られていたのだと思う。

だがいま、気づいた。アルフレッドの中で自発的に芽生えた、『このルクトニアを変えたい』という思いは、ユリウスがその昔、この国を変えたいと願った思いと、とてもよく似ている。

外見だけではない。『似せよう』とアルフレッドが努力したからでもない。

根底のところで、実は本当によく似ているのだ。

「ルクトニアを、誰《だれ》もが暮らしやすい領地に変えたい。子どもでも、大人でも、病《や》んでいても、力がなくても」

アルフレッドはごくりと空気を飲み込む。ユリウスは何も言わない。ただ、真っ直《す》ぐに自分を見つめている。アルフレッドは目を逸《そ》らさず、精一杯《せいいっぱい》言葉を紡《つむ》いだ。

「必死で生きた人間には、報《むく》いがあるように。頑張《がんば》れば未来は変わるのだ、と子ども達が思えるように。愛する人と、安心して暮らせるように。そして、この世を去る瞬間《しゅんかん》、『世界はそれほど悪くなかった』。そんな風に思える場所にしたいのです。ですから、父上」

ユリウスがゆっくりと「なんだ」と応じた。アルフレッドは背中を伸《の》ばし、声を張った。

「おれに予算をください。『夜の街《ナイト》』で試《ため》してみたい施策《しさく》があります」

明瞭《めいりょう》に言い放つ。

「子ども達には、教育の場を。大人には、再就職を支援《しえん》する機関を……。それぞれ作ってみたいのです」

椅子《いす》に座るユリウスは相変わらずアルフレッドを見つめるだけだ。

「生まれた場所や親が選べなくても……。子ども達がこの世界を戦っていくために、『知識』をつけてあげたい。教育は武器になる。頭に入った『知識』は誰《だれ》も奪えない。彼らを豊かにする」

そして、とアルフレッドは言いつのる。

「大人になって……。仮令《たとえ》失敗してもやり直せる制度と、安全な貸付制度を。いつでも、巻き返せる。その思いがあれば、人は人生を放《ほう》り出さない。手放さない。きっと、立ち上がれる」

だから、とアルフレッドはユリウスに言った。

「おれに、『力』をください」

だが、ユリウスは無言だ。次第《しだい》にアルフレッドの額に汗《あせ》が滲《にじ》み始めた。暑いわけではないのに、身体《からだ》に熱が籠《こ》もり、嫌《いや》な汗が噴《ふ》き出す。

——だめ、か……？

アルフレッドは強く拳を握った。時機を見誤ったか。ユリウスの不興を買ったか。お前にはまだ早い、そう言われるだろうか。それとも、自分の治世を誹《そし》るのか、と叱《しか》られるだろうか。

額に滲んだ汗が玉となり、頬《ほお》を伝って顎から落ちる。そのとき、手に何かが触《ふ》れた。視線を向けると、細く長い指が彼の右手を握っている。顔を上げた。翡《ひ》翠色《すいいろ》の瞳が自分を見つめる。

オリビアだ。目が合うと、彼女は微笑んでその瞳をユリウスに向けた。

「ユリウス様。二人で、させてください。アルなら絶対やり遂《と》げます。あの『夜の街《ナイト》』を。そして、このルクトニアをとても良い領にしてくれると思います」

オリビアは凜《りん》とした声でそう言うと、アルフレッドの手を握ったまま、ぺこりと頭を下げた。

「お願いします」

呆然《ぼうぜん》とオリビアのつむじを見ていたアルフレッドだが、ユリウスの視線を感じて慌《あわ》てて自分もそれに倣《なら》った。「お願いします」。オリビアに続く。二人一緒《いっしょ》に頭を下げ、そして床《ゆか》を見つめていると、ユリウスが鼻を鳴らすのを聞いた。妙《みょう》な重さを肩《かた》に感じ、鈍《にぶ》い痛みが胃を襲《おそ》う。

「アル」

名前を呼ばれ、アルフレッドはゆっくりと顔を上げた。

「『夜の街《ナイト》』ができた経緯《けいい》を知っているか？」

おずおずとアルフレッドは首を横に振《ふ》る。ユリウスは小さく頷《うなず》き、口を開いた。

「あそこはもともと、船員の宿泊施設《しゅくはくしせつ》や色街があったんだ」

言われてみれば、なるほど、とは思う。港にも、領主館にも近い。長距離《ちょうきょり》の船旅を終えた船員達相手に商売をするにはもってこいの立地だろう。現に今も、そういう客層筋はある。

「それが今のような貧民街になったのは、『官吏《かんり》登用試験制度』と教会騎士《きし》の存在がある」

ユリウスの言葉に、アルフレッドは不思議そうに目を瞬かせる。その視線の先で、ユリウスは深い息を吐《は》き、それから椅子の背もたれに上半身を預けた。

「このルクトニア領では、出自に関係なく、試験にさえ受かれば官吏として採用される。それに」

ユリウスは青金剛石の瞳《ひとみ》をすぐ側の幼馴染《おさななじ》みに転じた。

「これは、ルクトニアには限らないが、教会騎士は、信者であれば誰でもなれる。一定の修行《しゅぎょう》を積み試験に合格すれば、教会は剣《けん》と資格を与《あた》える。そうだな？」

話を振られ、ウィリアムはにっこりと笑った。

「そうですね。教義を覚え、武術を学べば。……羊飼いの息子でも、ほら、このとおり」

アルフレッドはおずおずと頷いた。それは知っている。ユリウスの乳兄弟《ちきょうだい》であったこの騎士は、本来であれば牧羊に従事する一生を送るはずだった。

だが、ユリウスに出会い、教会騎士となり、剣技を磨《みが》いて武勲《ぶくん》を立てた結果、「爵位《しゃくい》」を得たのだ。

「このルクトニア領では、農家の生まれだろうが、羊飼いの三男だろうが、騎士や官吏になることができる。夢を見ることが可能だ」

ユリウスは長い脚《あし》を組み、アルフレッドを見やった。

「ただし、その夢を叶《かな》えられるかどうかは、本人の努力や資質次第」

アルフレッドより深い青の瞳は鋭利で、そして静かな光を宿していた。

「夢を見て『官吏登用試験制度』に何度も挑戦《ちょうせん》するが、受からぬ者はいる。ウィリアムにあこがれて教会騎士になったものの、思うような働きができず、困窮する者もいる。その結果、忸《じく》怩《じ》たる思いを抱え、行き場がなくなった者達が集まるようになってきた。結果」

ふう、とユリウスは小さく息を吐く。

「領主館付近の安宿に連泊《れんぱく》し、その日暮らしを続ける人間が増えた。それが、『夜の街《ナイト》』が生まれたきっかけだ」

「……故郷に、戻《もど》ればいいのに」

ふと、オリビアが呟くように言う。緑色の瞳を父親に向け、彼女は首を傾《かし》げた。

「官吏になりたかったけど、試験に受からなかったのなら……。騎士になっても、武勲が立てられなかったのなら、故郷に戻って家業や家を継《つ》げばいいのではないですか？」

だが、その視線を受けて、ウィリアムとユリウスは苦い笑いを口の端《はし》に乗せる。

「立身出世を目指して故郷を出てきたらさ、容易には帰れないよ。それぐらいの啖呵《たんか》は家族に切って来たんだろうし、本人も覚悟《かくご》を決めて来たんだろうしねぇ」

ウィリアムの言葉を継ぐように、ユリウスも口の端を下げた。

「夢は見るが叶わず、その日暮らしを繰《く》り返す中で、出会った女性と所帯を持って、子どもができて……。だが、見知らぬ土地では定職につくのも難しく、生活は安定しない」

ユリウスは立てた人差し指でぐるぐると円を描《えが》いてみせる。

「で。その生まれた子も、その日暮らしで生計を立て、出会った誰かと結婚《けっこん》し、所帯を持って……。負の連鎖《れんさ》だ」

「そこまでわかっておられたのなら、どうして」

アルフレッドは寸前のところで「放置していたのですか」という語尾《ごび》を飲み込む。

「夢を見るのも、挑戦するのも、個人の問題だからだ」

ユリウスはきっぱりとアルフレッドに言い放つ。

「官吏になりたければなるがいい。制度は作ろう。騎士になって爵位を得たければ挑戦するがいい。態勢は整えてやる。機会も場所も用意しよう。ウィリアムのように、あるいは『夢を勝ち取った』理想の誰かを目指せ。だがな」

ユリウスは額に落ちかかる前髪《まえがみ》を指で払《はら》い、斜《なな》めに息子を見やった。

「成功する保証など誰も与えない。挑戦の結果を自分で負うのは当然だろう」

ユリウスの声は、冷気と重さを持って室内に響《ひび》き渡《わた》る。オリビアなど首を竦《すく》めて肩を縮こませたが、ユリウスは続ける。

「得たものが苦かろうが甘かろうが、それは自分で受け止めるべきだ。消化すべきことだ」

ユリウスは冷淡《れいたん》にも聞こえる声で室内を打つ。

「ですが」

アルフレッドの声が、朗々と響く。

「誰《だれ》もが、父上のように剛《つよ》いわけではないのです。ウィリアム卿《きょう》のように剛胆《ごうたん》なわけでも……」

アルフレッドは眉根《まゆね》を寄せた。オリビアの手を強く握《にぎ》ったまま、真っ直《す》ぐに父親を見る。

「たった一度の失敗に傷つき、立ち直れない人もいます。幾度《いくど》にも重なる不幸に心が折れる人間もいます。寂《さび》しさに惑《まど》う人間も……。制度だけ与えられても、活用できない人はたくさんいるのです」

アルフレッドの言葉に、ユリウスは無言で先を促《うなが》す。

「どんなに目の細かい網《あみ》を張っても、漏《も》れてしまう人は出てきます。おれは、その人達の手を握ってやりたい。放したくない」

必死に声を吐き出すアルフレッドを、ユリウスはしばらく黙《だま》ったまま眺《なが》めた。

「……アルフレッド」

ふ、と呼吸するようにユリウスは名前を呼んだ。

「はい」

アルフレッドは返事をすると同時に、ごくりと唾を飲む。背を伸《の》ばした。ユリウスに顔を向ける。目が合うと、ユリウスは艶やかに、そして幸せそうに微笑《ほほえ》む。

「二人でやってみるがいい。予算をつけよう」

呆然と立ち尽《つ》くすアルフレッドの隣《となり》で、「本当ですか⁉」とオリビアがはしゃいだ声を上げた。ユリウスは苦笑いをし、そんな彼女に瞳を向ける。

「アルフレッドの言い分も確かに一理ある。わたしの施策《しさく》も万能《ばんのう》ではない。息子《むすこ》がそのほつれを繕《つくろ》ってくれるのなら、それもよかろう」

ユリウスはオリビアとアルフレッドを交互《こうご》に見て、微笑《ほほえ》んだ。「ただし」と付け加える。

「必ず、二人でやり遂げろ。いいな？」

アルフレッドは弾《はじ》かれたように、自分の隣に立つオリビアを見た。オリビアも自分を見ている。口角をぎゅっと上げ、翡翠色の瞳に喜色をたたえて大きく頷いた。アルフレッドはオリビアの手を力強く握る。二人同時にユリウスに顔を向けると、「はい」と返事をした。鷹揚《おうよう》にユリウスは頷いた。

「もうひとつ、父上に申し上げたいことがあります」

オリビアは手を繋《つな》いだまま、そう声をかける彼を見上げる。

ユリウスは不思議そうに首を傾げた後、無言でアルフレッドに先を促した。まだ何かあるのか。そんな表情だ。

「『夜の街《ナイト》』のことや『魔術師《まじゅつし》と猟犬《りょうけん》』のこともありますし……。自分自身、まだまだ挑戦してみたいこと、この目で見て確かめてみたいことが山ほどあります。……ですから」

アルフレッドはオリビアの手を握りしめたまま、ぐい、と顎《あご》を上げる。

「婚約や……。ましてや、結婚のことなど考えられません。どうか、シンシア嬢《じょう》の件については、陛下によろしくお伝えの上、お断りをしていただけませんでしょうか」

アルフレッドの瞳《ひとみ》も、声も。ユリウスに向けられていたが、それは隣にいたオリビアの心に響き、ぱくり、と心臓を打った。拍子《ひょうし》にアルフレッドの手をきつく握る。応じるように強く握り返されたとき、ユリウスが、くすりと可笑《おか》し気に笑った。

「ま。婚約辞退の理由は、そういうことにしておこう」

ユリウスは長い脚を組み替《か》え、ちらりとアレクシアに視線を投げかけた。ユリウスと目が合うと、彼女も小さく、ふふと笑みこぼれる。

「私は、このような結果になると思っていましたよ」

アレクシアの言葉に、ユリウスは小さく肩《かた》を竦めた。

「おそれながら、閣下にご提案がございます」

不意にコンラッドの声が空気を打つ。その場にいる誰《だれ》もが彼に顔を向けたが、コンラッドは動じるでもなく、榛色《はしばみいろ》の瞳をユリウスに向ける。

「オリビア嬢を、殿下《でんか》の護衛騎士《きし》に戻してはいかがでしょうか」

「……え」

思わずオリビアは声を漏らす。予想もしない提案だった。まじまじとコンラッドを見やる。

そもそも、身体《からだ》が小さいから護衛騎士には不向きだと言ったのは、彼ではなかったか。

「確かに彼女は身体が小さく、適性としては低いでしょう」

オリビアの視線や思いに気づいたのだろう。口をへの字に曲げ、見つめ返された。

「本来ならわたしは推《お》すようなことはしない。むしろ、排除《はいじょ》したい」

「だったらどうして」

オリビアは戸惑《とまど》う。コンラッドはそんな彼女に苦笑いをしてみせた。

「あれだけ息の合った戦いを見せられたんだ。わたしは殿下の『盾《たて》』になれても、あんな風に一緒《いっしょ》に戦うことはできない」

コンラッドは断言する。

「君が側《そば》近くに控《ひか》えている方が、絶対に殿下の力になる」

言い切った後、コンラッドはアルフレッドに顔を向けた。湖氷色《こひょういろ》の瞳がいぶかし気に細まる。

コンラッドは陽気に笑うと、がしがしと頭を掻《か》いてみせた。

「殿下にはいろいろ失礼なことを申し上げました。その……」

ちらり、とオリビアに視線を向け、片目をつむってみせる。

「意味ありげなことを言ってみたり、彼女に手を出そうとしてみたり」

オリビアはぎょっと目を見開き、アルフレッドは彼を睨《にら》みつける。

「殿下がどうも、猫《ねこ》をかぶっているように見えましたのでね」

くつくつと喉《のど》の奥で笑い声を籠《こ》もらせ、コンラッドはアルフレッドを見やった。

「ウィリアム卿からお声掛《こえか》けいただき、殿下に拝謁《はいえつ》したわけですが……。数日過ごしてみても、本心が全くわからない。我々はもちろん、忠誠を誓《ちか》った御方《おかた》を命がけでお守りするわけですが、その御仁《ごじん》の性格や考え方がわからないことには、守りようがないわけです」

穏《おだ》やかに微笑み、肩を竦める。

「何に怯《おび》えるのか、何を大事にするのか。何が好きなのか、何を守ろうとしているのか」

指を折ってコンラッドは数えあげる。

「ところが、殿下はわたしに本心を見せようとしない。なんと分厚い猫皮か、と呆《あき》れましたよ」

コンラッドの言葉にウィリアムが噴き出したが、アルフレッドはむっつりと押し黙ったままだ。

「だから、少々挑発《ちょうはつ》して様子を見ようと思ったのです。彼女を使ってね」

コンラッドはオリビアを見ると、改めて頭を下げた。

「君にはきついことをいくつか言ったと思う。許してくれ」

「そんな……。大丈夫《だいじょうぶ》です。あの、私こそ……」

オリビアは慌《あわ》てた。挑発され、そういえば自分は結構な暴言を彼に吐《は》いた気がする。改めてそれらを思い出し、額から冷や汗《あせ》を噴き出していると、コンラッドは顔を上げ、くすりと笑った。

「ご安心ください、殿下」

コンラッドはアルフレッドに向かって軽く礼をしてみせた。

「彼女の『初めてダンスを踊《おど》った異性』という誉《ほま》れは手にしましたが、それ以上のものをいただく気はありませんから」

「おれだって、譲《ゆず》る気はない」

吐き捨てるようにアルフレッドは言う。コンラッドは笑いながら、ユリウスを見た。「いかがでしょう」と。

「ユリウス」

落ち着いた、だが凛《りん》とした声はアレクシアのものだ。床《ゆか》に膝《ひざ》をつき、下からユリウスの顔を覗《のぞ》き込む。

「私がお願いしたのは、『侍女《じじょ》』だということを覚えておられますか?」

アレクシアが黒曜石のような瞳を煌《きら》めかせ、穏やかに笑んだ。

「私に護衛騎士は必要ございません。どうか、オリビアをアルの護衛騎士に」

「……と、いうことだ。ウィリアム。お前はどう思う?」

首を巡《めぐ》らせ、ユリウスは盛大にため息をついてみせる。長い足を組み替え、幼馴染《おさななじ》みであり、忠臣でもある年上の騎士に言葉を投げた。

「わたしはもともと、オリビアをアルの護衛騎士から外すつもりはなかったんだからな」

「まぁ……」

ウィリアムは腕《うで》を組み、佩刀《はいとう》の柄《つか》に肘《ひじ》を乗せた。

「オリビアを『異動させる』ってのは、ひとつの案であって、こだわっているわけではないんですよ」

　ウィリアムは苦笑いを浮《う》かべる。「だから、そんなに睨まないで」。その台詞《せりふ》はどうやらアレクシアに向かって言っているようだ。

「コンラッドが言っていることは確かだよ。僕も、体格的には君は護衛には不向きだと思っている」

　ウィリアムはオリビアに顔を向け、穏やかな笑みと声音《こわね》で話しかけた。オリビアは頷《うなず》く。

「だから、殿下の側にいるためには、『技《わざ》』と『覚悟《かくご》』が必要だと思ったんだ。今までのままじゃ、君は殿下の側にいても、傷ついて足手まといになるだけだ」

　父親の声は決して荒《あら》いものでも、硬《かた》いものでもない。だが、明らかに衝撃《しょうげき》となってオリビアの胸を突《つ》いた。確かにそうだ。自分に求められていたのは、『変化』だったのだ。

　どうありたいのか。どうしたいのか。何を守りたいのか。覚悟はあるのか。

　なりたい自分になるためには、『いたい』と思う場所に立つためには、どうすればいいのか。

　ウィリアムはそれを伝えたかったのだろうか。気づかせたかったのだろうか。

「殿下」

　ウィリアムは若葉色の瞳をアルフレッドに向けた。

「うちの娘《むすめ》は、貴方《あなた》の隣《となり》にふさわしいですか？」

「もちろんです」

アルフレッドは力強く頷く。

「アルフレッド」

ユリウスが名前を呼んだ。「はい」とアルフレッドは父親と正対する。

「お前は、オリビアの隣にふさわしい男か」

「そうありたい、と努めます」

確かな光を宿した瞳で、アルフレッドは応じた。ユリウスは小さく頷くと、コンラッドに顔を向けた。

「異動だ。オリビアを卿の麾下《きか》に」

コンラッドは「御意《ぎょい》」と頭を下げる。オリビアはアルフレッドを見上げた。アルフレッドもオリビアを見ている。

「おれの邪魔《じゃま》をするなよ」

ふん、とアルフレッドが鼻を鳴らした。だがその瞳は緩《ゆる》み、口の端《はし》には幸せそうな笑《え》みが滲《にじ》んでいる。「アルこそ」。オリビアはつん、と顎《あご》を上げた。

「私の足を引っ張るのはやめてよね」

そんな二人を眺《なが》め、ユリウスは「相変わらずだな」と呆れ、ウィリアムは「コンラッド、まとめてよろしくね」と穏やかに笑う。コンラッドは軽く目眩《めまい》を覚えながら、「そうか、この二人の世話係を仰《おお》せつかったのか」と額を手で覆《おお》った。

「ああ。忘れるところだった。ウィリアム」

ふと、ユリウスが呟《つぶや》く。名前を呼ばれ、ウィリアムは小さく首を傾《かし》げた。

「あの『魔術師《まじゅつし》と猟犬《りょうけん》』。背後にいるやつらを探《さぐ》れ」

「えええええぇ……？」

心底面倒臭《めんどうくさ》そうにウィリアムは顔をしかめる。

「放《ほう》っておきましょうよ。探ると何が出るやら」

そう言って、ちらりとコンラッドを見やる。

「王都でも似たような事件が起きてるんだろう？　あっちはどうなってるんだい？」

コンラッドは躊躇《ためら》いがちに首を横に振《ふ》る。

「まだ、犯人は挙がっていませんが……。情報を集めましょうか？」

「確認《かくにん》しろ。何かわかれば、ウィリアムに報告だ」

ユリウスが淡々《たんたん》と告げるが、「いや、そっちでやって」とウィリアムは手をひらひらさせる。

「コンラッドは、子どもの世話で大変なんだ。お前がやれ」

じろりとユリウスに睨まれ、ウィリアムは口をへの字に曲げる。

「『魔術師と猟犬』への依頼者《いらい》を見つけたら、どうしたらいいんです」

「そりゃあ、お前」

ユリウスはウィリアムを見上げる。

「二度とそんな気が起こらないようにしてやるのさ」

美しくも艶《あで》やかに笑ったはずなのに。ユリウスの笑顔を見たオリビアとアルフレッドは慄然《りつぜん》と背を伸《の》ばし、なんとなく肩《かた》を寄せ合う。ウィリアムだけがいつも通りの様子で、「あーあ。怒《おこ》らせちゃった」と暢気《のんき》に呟いていた。

エピローグ

アルフレッドが路地裏に飛び込んだのを確認し、オリビアはちらりと背後に目を配る。

どうやら、窃盗団《せっとう》はまいたようだ。

荒い息のままオリビアは、それでも鯉口《こいぐち》を切った状態で路地裏に飛び込んだ。

同時に腕を摑《つか》まれ、ぎょっとしたものの相手がアルフレッドだと気づいて肩の力を抜《ぬ》いた。

「やばかったな」

アルフレッドはオリビアを引き寄せながら、朗《ほが》らかに笑う。邪気《じゃき》のないその笑みにどっと力が抜けた。佩刀から手を離《はな》し、体当たりするようにアルフレッドにもたれかかる。まったく何を詰《つ》めているのか、彼の胸はふわりとやわらかい。

「やばいどころじゃないっ。一歩間違《まちが》えたら、殺されてたよっ」

アルフレッドをなじるが、彼は快活に笑って女装姿のままオリビアを抱《だ》きしめた。甘い香《かお》りがオリビアを包み、ささくれだった気分は幾分《いくぶん》落ち着く。

「あとでまた、自警団に窃盗団の情報入れておかねぇとな」

薄汚《うすよご》れた路地の壁《かべ》に背を預け、アルフレッドはオリビアを抱きしめたまま暢気にそんなことを言う。「はぁ!?」。顔をねじり上げてオリビアは彼を睨《にら》んだ。

「もう、放っておこうよっ。それ、自警団の仕事だよねっ。私、知らないよ!?」

薄暗い路地裏に差し込む月光を孕《はら》み、アルフレッドの豪奢《ごうしゃ》な髪《かみ》は輝《かがや》いて見える。青い瞳《ひとみ》が不思議そうに瞬《まばた》いてオリビアを見ているから、また苛立《いらだ》った。

「だいたい、コンラッド殿《どの》に黙《だま》って出てきてるんだから、早く帰ろうっ」

コンラッドから礫《つぶて》と投げられる『嫌《いや》み』や『小言』を想像し、オリビアは身震《みぶる》いする。アルフレッドは上位者だから顔をしかめられる程度だが、自分は違う。コンラッドの部下なのだ。

『報告・連絡《れんらく》・相談は、どうなっているんだっ』と、叱《しか》られる身にもなってくれ。

「放っとけよ」

案の定、コンラッドとの関係など気にも留めていない。オリビアは、ならばと別方向から彼の気を変えることにする。

「夜更《よふ》かしは肌《はだ》にも悪いのっ。私は早く帰って寝《ね》たい！　最近の肌荒《はだあ》れは、これ、絶対『夜《ナイ》の街《ト》』に長居してるからだよっ」

「荒れてねぇよ」

うんざりしたようにアルフレッドが言うから、オリビアは彼の腕からもがき出る。

「お母様直伝の化粧《けしょう》水を使ってんのっ！　それで……」

それでこの肌を維持《いじ》しているのだ、と言いたかったのに、アルフレッドに素早《すばや》く唇《くちびる》を押し付けられて言葉を封《ふう》じられる。オリビアは目を見開き、硬直《こうちょく》したまま間近の彼を見た。

「確かに、唇ぷるぷる」

唇が離れた瞬間《しゅんかん》、睫《まつげ》が触《ふ》れ合う距離《きょり》でアルフレッドは言い、真っ赤になっているオリビアに、にやりと笑ってみせた。

「こ、ここここここ、こういうのはねぇっ」

地団駄《じだんだ》を踏《ふ》みながらオリビアは怒鳴《どな》る。長靴《ブーツ》の拍車《はくしゃ》がけたたましく鳴り、腰《こし》の剣《けん》ががちゃがちゃ音を立てた。

「私が女の子の格好して、アルが男の格好してるときにしてっ」

そう訴《うった》えてみたが、アルフレッドは笑って取り合わない。だいたい、唇は『肌』に分類されるのだろうか。訝《いぶか》しく思っていると、アルフレッドが自分の手を握《にぎ》り、路地から往来に歩き出した。

「別にいいじゃねぇか。おれがしたいときに、すんだよ」

オリビアは腕《うで》を引っ張られながら、唖然《あぜん》とする。

なんという。

なんという、傍若無人《ぼうじゃくぶじん》な男か。

「腹減ったな。なんか、喰《く》おうぜ」

アルフレッドはオリビアと手を繋《つな》いだまま、彼女を振り返った。オリビアは盛大にため息をつく。早く屋敷《やしき》に帰って寝たい、と言っているというのに、この男は。

そうは思うのだが。

オリビアは苦笑いしながら、彼と共に往来に向かう。

仕方ない。

何しろ、彼が『隣《となり》にいたい男性』なのだから。

「じゃあ、露店《ろてん》まで競走！」

オリビアは彼の手を振り払《はら》って駆《か》け出す。

「まじで⁉　おれ、女装なんだけどっ。今日、ヒールだぜ⁉」

アルフレッドの不満をオリビアは笑い飛ばす。

「負けたら、アルのおごりね！」

「お前……っ。絶対負けねぇからな！」

長靴《ブーツ》の踵《かかと》が路地のタイルを打った。それに続いたのは、ヒールが地面を蹴《け》る音だ。

足音は、並んで『夜の街《ナイト》』に、飛び出した。

あとがき

この本を手にとって下さった皆様《みなさま》、ありがとうございます。さくら青嵐《せいらん》と申します。

まずは、この物語が本になるにあたり、携《たずさ》わって下さったすべての皆様に感謝を。

書籍化にむけての知恵や知識、技《わざ》を私に仕込んでくださった編集さん。素敵《すてき》なイラストでキャラクターを彩《いろど》って下さった Laruha《ラルハ》 先生。本を出すにあたり、勇気と力を与《あた》えてくれた読者の皆様。営業や、印刷にかかわって下さったすべての皆様。

本当にありがとうございます。


本作品は、第十七回角川ビーンズ小説大賞 奨励賞《しょうれいしょう》を受賞した作品を改稿《かいこう》・改題したものです。すでにカクヨムにて改稿前の作品を読んで下さった皆様を、さらに楽しませたくて一生懸命《いっしょうけんめい》作り上げた作品でした。受賞前から応援《おうえん》して下さった皆様にお礼がわりにお贈《おく》りする物語でもあります。アルとオリビア。アレクシアとユリウスは、皆様を楽しませてくれたでしょうか。

この世界は、夢と希望に溢《あふ》れていることを伝えられたでしょうか。

このお話にまつわるすべての人に、ルクトニアからの良い海風が届きますように。

さくら青嵐

「ルクトニア領繚乱記 猫かぶり殿下は護衛の少女を溺愛中」の感想をお寄せください。
おたよりのあて先
〒102-8078 東京都千代田区富士見1-8-19
株式会社KADOKAWA 角川ビーンズ文庫編集部気付
「さくら青嵐」先生・「Laruha」先生
また、編集部へのご意見ご希望は、同じ住所で「ビーンズ文庫編集部」
までお寄せください。

ルクトニア領《りょう》繚《りょう》乱《らん》記《き》
猫《ねこ》かぶり殿下《でんか》は護衛《ごえい》の少女《しょうじょ》を溺愛中《できあいちゅう》

さくら青嵐《せいらん》

角川ビーンズ文庫 21936

令和元年12月1日 初版発行

発行者――――三坂泰二
発　行――――株式会社KADOKAWA
〒102-8177 東京都千代田区富士見2-13-3
電話 0570-002-301（ナビダイヤル）
印刷所――――株式会社暁印刷
製本所――――株式会社ビルディング・ブックセンター
装幀者――――micro fish

●お問い合わせ
https://www.kadokawa.co.jp/ (「お問い合わせ」へお進みください)
※内容によっては、お答えできない場合があります。
※サポートは日本国内のみとさせていただきます。
※Japanese text only

ISBN978-4-04-108892-0 C0193 定価はカバーに表示してあります。 ◇◇◇